U0720225

王曉平 編著

日藏詩經古寫本刻本彙編

（第一辑）

第七册

中華書局

目録

衛淇奥詁訓傳第五（十篇）

毛詩卷第四

王黍離詁訓傳第六（十篇）

鄭緇衣詁訓傳第七（二十一篇）

毛詩卷第五

齊雞鳴詁訓傳第八（十一篇）

魏葛屨詁訓傳第九（七篇）

毛詩卷第六

唐蟋蟀詁訓傳第十（十二篇）

毛詩卷第十五

魚藻之什詁訓傳第二十二（十四篇）

毛詩卷第十六

文王之什詁訓傳第二十三（十篇）

毛詩卷第十七

生民之什詁訓傳第二十四（十篇）

寬延本毛詩鄭箋研究序説

王曉平

段玉裁在談到學習《詩經》的途徑時，主張先讀《毛》而後讀《鄭》，考其同異，審其是非，也就是先要讀《毛傳》，而後再讀《鄭箋》，並且還要對兩者進行對比研究。他曾經認爲世人治《毛詩》而不研讀《毛傳》就是有名無實。近人張舜徽撰《毛詩故訓傳釋例》，開頭就説：「經注之存於今者，莫古於《詩毛氏傳》，文簡義贍，與《爾雅》相表裏。治故訓者，必由此而後能涉其涯涘。陳碩甫嘗稱是書爲小學之津梁，群書之鈐鍵，不誣也。」這些話對於今天有志於研究《詩經》的人來説，仍不過時。

雖然《毛詩》傳入日本的確切時間難以考證，但可以肯定的是，《毛詩》進入東瀛之時，也正是《毛傳》《鄭箋》爲日本學人閲讀之日，因爲那時《傳》《箋》早已成爲中國學人的必讀書。從奈良、平安時代起，《毛詩鄭箋》在日本流傳過程中出現過多種寫本，並被學人世代珍藏，後來室町、江户時代的學者不斷用這些寫本與新傳入的宋明刻本參校，形成了獨立的版本系統。

這裏影印的《毛詩鄭箋》就是江户時代的訓點本，它雖是無聲的資料，但根據文字的各種訓點符號，完全可以再現三四百年前日本學者誦讀《詩經》的發聲，同時，它也是《詩經》傳播和被接受最有力的證明。

一　清原宣賢《毛詩》定本的版本化

日本江户時代從元文元年至天明八年（一七三六——一七八八），是古學隆盛時代，特别是京都一帶，古學的影響更是日漸顯著。一七四九年即寬延二年京都刊行的《毛詩鄭箋》，封底的廣告「《易經古注》出來；《書經古注》出來；《禮記古注》出來」，即以上三書均已出版的資訊，「出來」在這裏是完成即刊出之意。這爲我們吐露了當時出版商對讀書人關注古注情況的回應。

寬延本《毛詩鄭箋》今存幾個本子。據長澤規矩也《和刻本漢籍分類目録》和《和刻本漢籍分類目録補正》，爲京都刊行，大五册。兩目録對原書編者無任何説明。

此書影印收進了長澤規矩也編的《和刻本經書集成》古注之部第一輯。〔一〕一九七七由汲古書院出版，該書解説亦極略，只稱原本題簽「毛詩鄭箋」，爲行書體，無題記，有誤刻，因底本上有用墨改錯字，影印的時候，予以原樣保留，是有寬延二年封底題記的本子的同版後修本。

京都中文書店也曾於一九八五年影印寬延本《毛詩鄭箋》，封面題「和刻本毛詩鄭箋」，無解説。

寬延本題簽有三種，有作「毛詩鄭箋古注」的，也有作「毛詩鄭箋正本」的，還有作「毛詩鄭箋」的，後印本標注的假名有的模糊不清，延享四年（一七四七）刊井上通熙校本也没有假名。這個本子的封底注明京都皇都書林丸屋市兵衛、今村八兵衛、風月莊左衛門刊行。所謂皇都，即指京都。本書係三家書店聯合出版，這三家是當時刊行漢籍的重鎮，它們刊行的漢籍至今仍多在古書界流傳。

這裏影印的正是以上三家版，寬延二年刊，五册。這個本子乃同上述影印本，不過欄上還保留了一位佚名讀者墨書的一些校記，本書便是據此本影印的，在影印時未對校記文字加以删除。

另外尚有享和年間刊本，也是同樣三家書店刊行的，據筆者所考，當爲寬延本的修訂再刻，每頁除了欄上細線框内的校記之外，欄内一字不改，可見就是在原版上做了校記的增删（增者多而删者少），原文未動，而該書封底有「清家正本」四字。如果這種説法確實的話，寬延本的底本也有可能就是清原宣賢校訂的本子。它或者是書店請

〔一〕長澤規矩也編《和刻本經書集成》古注之部第一輯，古典研究會，東京：汲古書院，一九七七年。

人以清原宣賢定本爲基礎稍加校閱而後刻印的。這在日本的詩經研究史上意義重大。

所謂「清家正本」，很可能就是室町時代的大儒清原宣賢（一四七五——一五五〇）以所謂「家本」即清原家所傳秘本爲底本參校宋槧本而製作的「定本」。日本經學自古是世襲之學，清原家是其中延續時間最長、影響最大的一家，對於《詩經》研究來説尤其如此。足利衍述在《鐮倉室町時代之儒教》一書中將清原家經學的演變分爲三期，第一期是鐮倉時代末葉之前，以漢唐古注爲主；第二期此後至南北朝時代的宗賢，受到禪門盛行講習朱子學與朝廷採用朱子學的影響，開始參考新傳入的宋學新注；再到宗賢之子宣賢以後爲第三期，宣賢以卓越的才華，將祖父業忠的學業集大成，樹立新舊折衷一門的新學風，實現了家學的重大改革。所以清原宣賢在清原家佔有極其顯要的地位，也是清原家自古以來首屈一指的大儒[一]。清原家世代傳授經學，講授各經，所依據的所謂「定本」，其底本主要是唐代從中國傳入的寫本的抄本，後又經過宣賢等人參照新傳入的宋槧本校勘，與江户時代舶載而來的明代傳本有異同。重視校勘是清原家經學的傳統，特别是清原宣賢校勘的《毛詩鄭箋》，在其他各家的本子都已失傳的今天，就更具有極高的文獻價值。

清原宣賢校訂的《毛詩鄭箋》寫本，今有静嘉堂本和久原本等傳世，寬延本與這些寫本的關係是值得研究的課題。寬延本欄外的校記是江户時代的學者以日本古寫本爲底本與明本校勘的成果，這種做法與清原家學風合拍。寬延本問世二十餘年以前的一七二六年，山井昆侖利用足利學校所藏宋本對經書進行校勘，完成《七經孟子考文》。繼而一七二九年荻生北溪撰就《七經孟子考文補遺》，中日學界均有反響。寬延本的校勘很可能受到這一盛事的影響，其間經緯值得進一步探討。

二　寬延本的訓點與俗字

寬延本《毛詩鄭箋》是訓點本，除了日本特有的假名標注和「レ」、「一、二」、「上、中、下」顛倒語序的訓讀符號之

[一]　〔日〕足利衍述著《鐮倉室町時代之儒教》，東京：有明書店，一九七〇年重印本，四八八頁。

外，也借用了我國句讀、評點的符號。

本書在《傳》和《箋》文中，以長方框突出「箋云」二字，以頓號「。」斷句。大圓圈號「○」用於分章，中圈圈號「○」用於《小序》和經文斷句，小圓圈號「。」用於圈發，即標注四聲。所謂圈發，源於張守節在《史記正義》中所說的「觀義點發」，即就其字義，觀於書之作何用法，而加點以發明。宋本多用圈代點，日本寫本幾乎全用圈而極少用點，蓋是避免與其他符號相混而「合理分工」的結果。圈發用的小圓圈號緊貼文字，在字左下方者讀平聲，左上方者讀上聲，右上方者讀去聲，右下者讀入聲。

如《小雅·庭燎》：「夜如何，夜未艾。」《傳》：「艾，久也。」《箋》云：「芟末曰艾，以言夜先雞鳴時。」「先」字右上角有小圓圈，意爲當讀去聲。出《釋文》：「蘇薦反。」

又如《有狐》《傳》：「衛之男女失時，喪其妃偶焉。古者國有凶荒，則殺禮而多昏。」其中「喪」字和「殺」字右上方有小圓圈，意味着這兩個字都讀去聲。

日本古抄本多用古字和俗字，經過與宋明刻本多次校勘，古字和俗字大量減少，不過仍有一些清理不徹底的情況。即使在版本時代，我們還是可以看到有些古字和俗字偶爾出現。下面列舉部分見於這個本子的古字和俗字，供與宋明刻本對照：

亾（亡）　罔（罔）　妄（妄）　朢（望）　岷（岷）　芒（芒）　秊（年）

㫄（旁）　㫄（旁）　㑂（傍）　亨（烹）　差（差）　叓（更）　焉（焉）

賔（賓）　佗（他）　喪（喪）　晉（晉）　畱（留）　徃（往）　栢（柏）

民（民）　宿（宿）　首（首）　昬（昏）　栁（柳）　㴱（深）　甞（嘗）

俜（俾）　蘓（蘇）　褎（褎）　脊（脊）　畏（畏）　蹐（蹐）　眉（眉）

媚（媚）　寤（寤）　寐（寐）　寢（寢）　竆（窮）　盼（盼）　舩（船）

乖(垂)　艸(草)　蕐(華)　樺(樺)　爽(爽)　厺(去)　袪(祛)

滔(滔)　穆(穆)　熈(熙)　葢(蓋)　滛(淫)　蚤(早)　段(段)

歍(歍)

「阝」旁與「卩」旁相混的情況比較多見，如「茆」寫作「夘」，「昴」作「昴」，「卿」作「鄉」，「聊」作「耶」。「亡」部件均作「亾」，如「荒」作「荒」。增筆字、省筆字和連筆字較多也是寫本中常見現象，如「蟲」作「蟲」，「瓠」作「瓠」，「肉」作「肉」等。

三　寬延本的文獻價值

寬延本的價值，在於用日本古寫本與明刊本對校的材料。正文看來是按照日本古傳本翻刻的，而在上欄時有與明本對校的校記，校記何人所作，原書無記載。

「清原家本」何以能够刊出，以及校對者是何人，今天雖然不能確指，但當時的儒學活動以及清原家活躍的情況見諸史料。延享年間（一七四四——一七四七）蓮池藩主鍋島直興創立學寮，聘請古文辭派學者岡白駒爲教授。寬延本《毛詩鄭箋》刊行前兩年，將軍德川家治讀完了《四書》，林大學頭榴岡向家治進獻五經，大洲藩主加藤泰衙在止善書院舉行了祭奠孔子的釋奠禮。在寬延本刊行的前一年，開始舉行「御讀書會」，由明經博士清原宣條講授《古文孝經》，天皇還制定了諸學次第，規定學習順序爲自《古文孝經》及《四書》，而《四書》則以《學》、《論》、《孟》、《庸》爲次，任命清原宣條爲教授，以正三位平時行爲「代講」。這一年宇和島藩主伊達村候創立内德館（先後更名爲普教館、敷教館、明倫館）。本書刊行經緯還需考證，不過綜合以上情況考慮，由清原家學者及其相關學者來做校勘，也是有可能的。

本書中的校記多達百四十八條。可以分爲如下幾類，現分别予以討論。

（一）明確斷言明本訛誤者。

《小雅·南有嘉魚》三章：「君子有酒，嘉賓式燕。」《箋》云：「《燕禮》曰：賓以我安。」

校記：明本言「鄉飲酒」者，誤也。此文在《燕禮》。

案：足利甲本、足利乙本作「鄉飲酒」，静嘉堂本作「鄉飲酒」，而右旁注「《燕禮》，本無」。《毛詩抄》注：「古本中作『《鄉飲酒》、《燕禮》曰』，《正義》有説。」阮校：「案《正義》云：『則此文當在《燕禮》矣。言《鄉飲酒》者，誤也。定本亦誤。以《南陔》與《由庚》之箋皆《鄉飲酒》、《燕禮》連言之，故學者加《鄉飲酒》於上。後人知其不合兩引，故略去《燕禮》焉。今本猶有言《燕禮》者』。此《正義》據當時或本猶有『《鄉飲酒》、《燕禮》』連言者，而定其誤如此也。今無其本矣。」

（二）明本異文。

《小雅·蓼蕭》一章：「既見君子，我心寫兮。」《箋》云：「我心寫者，舒其情意，無留恨也。」

校記：「舒」，明本作「輸」。

案：「舒」，小字本、相臺本、《考文》古本同，閩本、明監本、毛本誤作「輸」。當爲「舒」。静嘉堂本作「舒」。

（三）明本脱文。

《小雅·甫田》一章：「無思遠人，勞心忉忉。」《傳》：「忉忉，憂勞也。」《箋》云：「此言無德而求諸侯，徒勞其心忉忉耳。」

校記：明本「也」下脱「箋云此」三字。

案：静嘉堂本有「箋云」，「言」字右上旁注「此，本無」。阮本無「箋云此」三字。阮校：「小字本、相臺本『言』上有『箋云』，《考文》古本有，亦同。案有者是也。」

（四）明本衍文。

《小雅·我行其野》序注：「刺其不能正嫁娶之數，而有荒政多昏之俗。」

校記：明本「多」「昏」間有「淫」字，衍。

案：静嘉堂本「淫」字右旁「本無」。《毛詩抄》解「多昏」，不涉「淫」事。龍谷本有「淫」字。《正義》引《大司徒》曰：「以荒政十有二，聚（娶）萬民，十曰多昏。」注曰：「荒，凶年也。鄭司農云：『多昏，不備禮而娶，昏者多也。』」據此，皆不涉淫，故疑「淫」乃衍字。阮本有「淫」字。

（五）古本或諸本異文，有優於明本與今本者。

《小雅·北山》六章：「或棲遲偃仰，或王事鞅掌。」《箋》云：「鞅，猶何也。掌，謂捧之也。負何捧持以趨走，言促遽也。」

校記：「何」，古本作「荷」。

案：「何」，即「負荷」之「荷」。静嘉堂本作「何」。

（六）明本傳文混入《釋文》。

《邶風·燕燕》三章：「瞻望弗及，實勞我心。」《傳》：「實，是也。」

校記：「實，是也」，三字明本混《釋文》。

案：静嘉堂本三字爲傳。阮本亦混入《釋文》，當歸入傳文。

（七）言分章之異。

《大雅·行葦》八章，章四句，故言七章，二章章六句，五章章四句。

校記：一本自「戚戚」至「具爾」二句屬首章，自「或肆」至「緝御」四句爲二章，自「或獻」至「或咢」六句爲三章。

校記中所言明本，並非阮本。校記中尚有根據《讀詩記》（《吕氏家塾讀詩記》）以校勘者。

以上校記，多有與阮校相合者。亦有少數與阮校不盡相同，或可供進一步討論者。更多有阮校並未討論者。如：

《小雅·小明》三章：「心之憂矣，自詒伊戚。」《箋》云：「詒，遺也。我冒亂世而仕，自遺此憂。悔之辭。」

校記：一本「冒」作「遭」。

案：當作「遭」。静嘉堂本此句作「我冒亂世而仕，自遺此憂。悔仕之辭。」「冒」字右旁注：「遭，本乍」，「仕」字右旁注：「本無」。蓋「遭」字中之「曹」字之俗字寫作「曺」，後亦誤作「冐」，再而誤作「冒」也。寛延本「悔」字後脱「仕」字。

寛延本作爲《詩經》訓讀資料也具有一定研究價值。荻生徂徠在《譯文筌蹄》中指出：「此方學者，以方言讀書，是曰『和訓』，取諸訓詁之義，其實譯也，而人不知其爲譯矣。」他所説的「方言」就是日語，也就是説日本學者是通過「和訓」用日語來讀漢籍的。關於這種讀法的功過，他説：「若此方讀法，順逆回環，一讀便解，不解不可讀，信乎和訓之名爲當，而學者宜或易於爲力也。但是此方自有此方言語，中華自有中華言語，體質本殊，由何吻合？是以『和訓』回環讀之法，雖若可通，實爲牽强。」判斷寛延本是否就是清原家本也可以通過訓讀的對照來加以考察。這個本子值得探討的問題還有很多。

另外，《和刻本經書集成》正文之部第一輯還收入了一種江户時代刊行的《詩經》無注本，封底有題跋：「昔寛永五曆歲次著雍執徐之正月　洛陽烏丸通大炊町　安田安昌　新刊於容膝亭。」

四　亨和本校记考

亨和本《毛詩鄭箋》，封底右有「明經道章」的印，下有「清家正本」四字，别行有「亨和二年壬戌正月」八字，又一行在「皇都書林」四字下列田中市兵衛、今村八兵衛、風月莊左衛門三人姓名，可知原本爲一八〇二年由皇都書林刊行。此本現藏上阪氏顯彰會圖書收集部，二〇〇一年由上阪氏顯彰會史料出版部影印，限定十五部〔一〕。

將此本與寛延二年修訂本對照，可知該本屬上述本子的再修本。本文不變，不同的是校記略有增删，個别地

〔一〕〔日〕觀音寺藏版《毛詩鄭箋》，亨和二年刊，清家正本，上阪氏顯彰會史料出版部，二〇〇一年。

方文字也有不同。

校記增加，主要集中在後半部分。現舉例如下：

一、《小雅·常棣》：「常棣之華，鄂不韡韡。」《箋》云：「拊，鄂足也。得華之光明，則韡韡然。」

校記：「得」上有「鄂足」二字。

案：此本誤，阮本「得」字上有「鄂足」兩字。

二、《小雅·谷風》：「習習谷風，維風及雨。」《箋》云：「興者，喻風而有雨，則潤澤行，喻朋友同志則恩愛成。」

校記：一本無「喻」字。

案：此本誤，「興者，喻風而有雨」一句，阮本無「喻」字。下句有「喻」字，上「喻」字爲衍文。

三、《小雅·谷風》：「習習谷風，維山崔嵬。」《箋》云：「此言東風生長之也。山巔之上，猶及之。」

校記：明本「之」下有「風」字。

案：校記謂明本作「此言東風，生長之風也」。明本無誤，阮本亦有「風」字，脱「風」字則義不明，此本脱「風」字。

四、《小雅·蓼莪》：「出則銜恤，入則靡至。」《箋》云：「恤，憂也。」

校記：「憂」下有靡無二字。

案：此本脱「靡無」二字。阮本作「恤，憂。靡，無也。」

五、《小雅·大東》：「鞙鞙佩璲，不以其長。」《箋》云：「佩璲者，以瑞玉爲佩，佩之鞙鞙然，其官職，非其才之所長也。徒美其佩，而無其德，刺其素餐。」

校記：「然」下有「居」字。

案：此本脱「居」字，阮本作「居其官職」不誤。

六、《小雅·北山》《小序》：「大夫刺幽王也。役使不均，己勞於從事，而不得終養其父母焉。」

校記：明本無「終」字。

案：阮本無「終」字。

七、《小雅·楚茨》：「既齊既稷，既匡既勑，永錫爾極，時萬時億。」《箋》云：「孝子前就尸受之。」

校記：明本「子」字作「孫」。

案：此本誤，阮本作「孝孫」。

八、《小雅·賓之初筵》：「酒既和旨，飲酒孔偕。」《箋》云：「和旨，酒調美也。」

校記：一本作「猶調美」。

案：當作「猶調美」。阮校：「相臺本『酒』作『猶』，《考文》古本同。案：『猶』字是也。」蓋「猶」、「酒」形近而訛。

九、《小雅·菀柳》：「上帝甚蹈，無自匿焉。」《箋》云：「今幽王暴虐，不可以朝事，甚使人心中悼病，是以不從而近之。」

校記：一本「人」作「我」。

案：當作「我」，阮本作「我」，下《正義》作「甚使人心中悼傷，我是以無得從而近之。」

十、《小雅·采緑》：「予髮曲局，薄言歸沐。」《傳》：「局，卷也。婦人，夫不在，則不飾。」

校記：一本「不容飾」。

案：此本脱「容」字，阮本有。

十一、《小雅·黍苗》：「我徒我御，我師我旅。我行既集，蓋云歸處。」《箋》云：「步行曰徒，召伯營謝，以兵衆行。」

校記：「謝」下有「邑」字。

案：此本脱「邑」字，阮本有。

十二、《小雅·白華》：「鴛鴦在梁，戢其左翼。」《箋》云：「鳥之雌雄不別者，以翼知之。」

校記：「別」上有「可」字。

案：阮校：「案《釋文》以『不別』作音，是其本無『可』字。《正義》本未有明文，今無可考。」

十三、《小雅・苕之華》：「苕之華，其葉青青。」《箋》云：「今陵苕之華衰，而葉見青青然，喻諸侯微，而王之臣當出見也。」

校記：「微」下有「弱」字。

案：阮本「微」字下有「弱」字。

十四、《大雅・大明》：「在洽之陽，在渭之涘。」《箋》云：「生適有識，則爲之生賢妃。」

校記：「識」上有「所」字。

案：阮本有「所」字。

十五、《大雅・文王有聲》：「維龜正之，武王成之。」《箋》云：「稽疑之法，必契龜而卜之。」

校記：「契」下有「灼」字。

案：此本脱「灼」字。「契灼」一詞亦見於《大雅・緜》：「爰始爰謀，爰契我龜。」《箋》云：「謀從，又於是契灼其龜而卜之，卜之則從矣。」

十六、《大雅・雲漢》：「周餘黎民，靡有孑遺。」《傳》：「孑然無遺失也。」

校記：一本無「無」字。

案：《正義》：「定本及《集注》皆云『孑然遺失也』。俗本有『無』字者，誤也。」

十七、《周頌・維天之命》：「曾孫篤之。」《傳》：「成王能厚之也。」

校記：「厚」下有「行」字字。

案：校記中後一「字」，衍。小字本，相臺本皆有「行」字。阮校：「案此《正義》本也。《釋文》云：『成王能厚之也』，一本作『能厚行之也』，今或作『能厚成之也』。《正義》本與一本同。今考此傳但云『能厚之』，《箋》始云『能厚行之』，一本有『行』字者，涉《箋》而衍耳，當以《釋文》本爲長。」

十八、《周頌・有瞽》：「我客戾止，永觀厥成。」《箋》：「我客，二王之後也。永，長。觀，多。」

校記：明本無「永，長；觀，多」四字。

案：阮本無此四字。

十九、《周頌・武》：「勝殷遏劉，耆定爾功。」《箋》云：「年老，乃安定女之此功。」

校記：一本無「安」字。

案：阮本無「安」字。

二十、《周頌・小毖》：「肇允彼桃蟲，拚飛維鳥。」《箋》云：「或曰鴟，皆惡鳥。」

校記：「鴟」作「鴞」。「惡」下有「聲之」二字。

案：「或曰鴞，皆惡聲之鳥」，小字本、相臺本同。阮校甚詳，不録。

二十一、《周頌・酌》：「時純熙矣，是用大介。」《箋》云：「於美乎王之用師，率殷之叛國。」

校記：「王」上有「文」字。

案：阮本有「文」字。

二十二、《魯頌・閟宮》：「萬舞洋洋，孝孫有慶。」《箋》云：「大房，玉飾俎也，其制足間有横，横下有柎，似乎堂後有房然。」

校記：一本無「横」字。「柎」作「跗」。

案：阮本作「下有柎」，無「横」字。小字本、相臺本作「柎」，閩本、明監本、毛本作「跗」。阮校：「案《釋文》云：『有柎，方於反』。考《常棣》《箋》用『拊』字，從手。『柎』、『拊』實一字也。《正義》中字皆作『跗』，或是其所易今字耳，各本依之未是。」

二十三、《商頌・長發》：「如火烈烈，則莫我敢曷。」《箋》云：「上既美其剛柔得中，勇毅不懼，於是有武功，有王德。」

校記：「毅」作「敢」。

刪去的校記如：

一、《小雅・斯干》：「載衣之裼，載弄之瓦。」《箋》云：「明當主於内，事紡塼，習其所有事也。」

刪去校記：明本「其」下有「一」字，衍字。

案：阮本無「一」字。

二、《大雅・旱麓》：「瑟彼玉瓚，黄流在中。」《箋》云：「圭瓚之狀，以圭爲柄，黄金爲勺，青金爲外，朱中央矣。」

校記：一本作「朱金爲中」。

三、《大雅・旱麓》：「莫莫葛藟，施於條枚。」《箋》云：「葛也，藟也，延蔓於木之枚本而茂盛，喻子孫依緣先人之功而起。」

校記：一本作「枝」。

案：當做「枝」。阮校：「小字本、相臺本『枚』作『枝』，閩本、明監本、毛本『本』誤『木』。案：『枝本』是也。枝，條；本，枚。《考文》古本『本』字不誤。」

四、《魯頌・泮水》：「鸞聲噦噦。」《傳》：「噦噦，言其聲也。」

校記：「其聲」，一本作「有聲」。

案：當作「有聲」。阮校：「小字本、相臺本『其』作『有』。《考文》古本同。案：『有』字是也。《正義》云『其鸞則噦噦然有聲』可證也。」

五、《小雅・正月》：「潛雖伏矣，亦孔之炤。」《箋》云：「以喻時賢者在朝廷，道不行，無所樂，退而窮處，又無所隱也。」

校記：「所隱」，明本作「所止」。

案：寬延本「所止」作「所上」，誤。阮本作「所止」。

參考文獻

〔日〕長澤規矩也編《和刻本經書集成》第五輯，東京：汲古書院，一九七七年。
〔日〕長澤規矩也編《和刻本經書集成》第一輯，東京：汲古書院，一九七六年。
〔日〕吉川幸次郎著、清水茂校注《伊藤仁齋　伊藤東涯》，東京：岩波書店，一九七一年。
〔日〕《和刻本毛詩鄭箋》，京都：中文出版社，一九八五年。
〔日〕中野三敏監修《江户の出版》，東京：ぺりかん社，二〇〇五年。
〔日〕富士昭雄編《江户文学と出版メディア》，京都：笠間書院，二〇〇一年。
〔日〕足利衍述著《鎌倉室町時代之儒教》，東京：有明書店，一九七〇年重印本。
〔日〕斯文會著《日本漢學年表》，東京：大修館書店，一九七七年。
朱謙之著《日本的古學及陽明學》，北京：人民出版社，二〇〇〇年。
黄焯撰《毛詩鄭箋平議》，上海：上海古籍出版社，一九八五年。
孫詒讓撰、雪克輯點《十三經注疏校記》，濟南：齊魯書社，一九八三年。
張舜徽著《廣校讎略》，北京：中華書局，一九八三年。
王曉平著《日本詩經學史》，北京：學苑出版社，二〇〇九年。
王曉平著《日本詩經文獻考釋》，北京：中華書局，二〇一二年。

毛詩鄭箋

一

詩譜序

詩之興也諒不於上皇之世大庭軒轅逮於高辛其時有亾載籍亦蔑云爲虞書曰詩言志歌永言聲依永律和聲然則詩之道放於此乎有夏承之篇章泯棄靡有孑遺邇及商王不風不雅何者論功頌德所以將順其美刺過譏失所以匡救其惡各於其黨則爲法者彰顯爲戒者著明周自后稷播種百穀黎民阻飢茲時乃粒自傳於此名也陶唐之末中葉公劉亦世脩其業以明民共財至於大王王季克堪顧天文武之德光熙前緒以集大命於厥身遂爲天下父母使民有政有居其時詩風有周南召南雅有鹿鳴文王之屬及成王周公致太平制禮作樂而有頌聲興焉盛之至也本之由此風雅而來故皆錄之謂之

詩之正經後、王稍更陵遲、懿王始受譖、烹齊哀公、夷身失禮之後、邶不尊賢、自是而下、厲也幽也、政教尤衰周室大壞、十月之交、民勞、板蕩、勃爾俱作、衆國紛然刺怨相尋、五霸之末、上無天子、下無方伯、善者誰賞惡者誰罰、紀綱絶矣、故孔子録懿王夷王時詩、訖於陳靈公淫亂之事、謂之變風變雅、以爲勤民恤功、昭事上帝、則受頌聲弘福如彼、若違而弗用、則被劫殺大禍如此、吉凶之所由、憂娛之萌漸、昭昭在斯、足作後王之鑒、於是止矣、夷厲已上、歳數不明、大史年表自共和始、歴宣幽平王、而得春秋次第、以立斯譜、欲知源流清濁之所處、則循其上下而省之、欲知風化芳臭氣澤之所及、則傍行而觀之、此詩之大綱也、舉一綱而萬目張、解一卷而衆篇明、於力則鮮、於思

則寡其諸君子亦有樂於是與

周南召南譜

周召者禹貢雍州岐山之陽地名今屬右扶風美陽縣地形險阻而原田肥美周之先公曰大王者避狄難自豳始遷焉而脩德建王業商王帝乙之初命其子王季爲西伯至紂又命文王典治南國江漢汝旁之諸侯於時三分天下有其二以服事殷故雍梁荆豫徐揚之人咸被其德而從之文王受命作邑於豐乃分岐邦周召之地爲周公旦召公奭之采地施先公之教於己所職之國武王伐紂定天下巡守述職陳誦諸國之詩以觀民風俗六州者得二公之德教尤純故獨録之屬之大師分而國之其得聖人之化者謂之周南得賢人之化者謂之召南言二公之德

教自岐而行於南國也乃棄其餘謂此爲風之正經初古公亶父聿來胥宇爰及姜女其後大任思媚周姜大姒嗣徽音歷世有賢妃之助以致其治文王刑于寡妻至于兄弟以御于家邦是故二國之詩以后妃夫人之德爲首終以麟趾騶虞言后妃夫人有斯德興助其君子皆可以成功至于獲嘉瑞風之始所以風化天下而正夫婦焉故周公作樂用之鄉人焉用之邦國焉或謂之房中之樂者后妃夫人侍御於其君子女史歌之以節義序故耳射禮天子以騶虞諸侯以貍首大夫以采蘋士以采蘩爲節今無貍首周衰諸侯並僭而去之孔子錄詩不得也爲禮樂之記者從後存之遂不得其次序周公封魯死謚曰文公召公封燕死謚曰康公元子世之其次子亦世守

采地在王官春秋時周公召公是也問者曰周南召南之詩爲風之正經則然矣自此之後南國諸侯政之興衰何以無變風答曰陳諸國之詩者將以知其缺失省方設教爲黜陟時徐及吳楚僭號稱王不承天子之風今棄其詩夷狄之也其餘江黄六蓼之屬既驅陷於彼俗又亦小國猶邾滕紀莒之等夷其詩蔑而不得列於此

邶風衛譜

邶鄘衛者商紂畿内方千里之地其封域在禹貢冀州大行之東北踰衛漳東及兖州桑土之野周武王代紂以其京師封紂子武庚爲殷後庶殷頑民被紂化日久未可以建諸侯乃三分其地置三監使管叔蔡叔霍叔尹而教之自紂城而北謂之邶南謂之鄘

東謂之衛、武王既崩、管叔及其群弟、見周公將攝政、乃流言於國曰、公將不利於孺子、周公避之居東都二年、秋大熟未穫、有雷電疾風之異、乃後成王悅而迎之、反而遂居攝、三監導武庚叛、成王既黜殷命、殺武庚、復伐三監、更於此三國建諸侯、以殷餘民封康叔於衛、使爲之長、後世子孫稍幷彼二國、混而名之、七世至頃侯、當周夷王時、衛國政衰、變風始作、故作者各有所傷、從其國本而異之、爲邶鄘衛之詩焉、

王城譜

王城者、周東都王城畿內方六百里之地、其封域在禹貢豫州大華外方之閒、北得河陽、漸冀州之南、始武王作邑於鎬京、謂之宗周、是爲西都、周公攝政五年、成王在豐、欲宅洛邑、使召公先相宅、既成、謂之王

城是爲東都今河南是也召公既相宅周公往營成周今洛陽是也成王居洛邑遷殷頑民於成周復還歸處西都至於夷厲政教尤衰十一世幽王嬖褒姒生伯服廢申后太子宜咎奔申申侯與犬戎攻宗周殺幽王於戲晉文侯鄭武公迎宜咎于申而立之是爲平王以亂故徙居東都王城於是王室之尊與諸侯無異其詩不能復雅故貶之謂之王國之變風

鄭譜

初宣王封母弟友於宗周畿内咸林之地是爲鄭桓公今京兆鄭縣是其都也又云爲幽王大司徒甚得周衆與東土之人問於史伯曰王室多故余懼及焉其何所可以逃死史伯曰其濟洛河潁之閒乎是其子男之國虢鄶爲大虢叔恃勢鄶仲恃險皆有驕侈

怠慢之心加之以貪冒君若以周難之故寄帑與賄不敢不許是驕而貪必將背君君以成周之衆奉辭罰罪無不克矣若克二邑鄔蔽補丹依疇歷華君之土也脩典刑以守之惟是可以少固桓公從之言然之後三年幽王爲犬戎所殺桓公死之其子武公與晉文侯定平王於東都王城卒取史伯所云十邑之地右洛左濟前華後河食溱洧焉今河南新鄭是也武公又作卿士國人宜之鄭之變風又作

齊譜

齊者古少皡之世爽鳩氏之墟周武王伐紂封太師呂望於齊是謂齊太公地方百里都營丘周公致太平敷定九畿復夏禹之舊制成王用周公之法制廣大邦國之境而齊受上公之地更方五百里其封域

東至于海，西至于河，南至于穆陵，北至于無棣，在禹貢青州岱山之陰，濰淄之野。其子丁公嗣位於王官。後五世哀公政衰，荒淫怠慢，紀侯譖之於周懿王，使烹焉。齊人變風始作。

魏譜

魏者，虞舜夏禹所都之地，在禹貢冀州雷首之北，析城之西。周以封同姓焉。其封域南枕河曲，北涉汾水。昔舜耕於歷山，陶於河濱，禹菲飲食而致孝乎鬼神，惡衣服而致美乎黻冕，卑宮室而盡力乎溝洫。此一帝一王，儉約之化於時猶存。及今魏君，嗇且褊急，不務廣脩德於民，敎以義方。其與秦晉鄰國，日見侵削，國人憂之。當周平桓之世，魏之變風始作。至春秋魯閔公元年，晉獻公竟滅之，以其地賜大夫畢萬，自爾

而後晉有魏氏

唐譜

唐者、帝堯舊都之地、今曰太原晉陽、是堯始居此、後乃遷河東平陽、成王封母弟叔虞於堯之故墟、曰唐侯、南有晉水、至子燮、改爲晉侯、其封域在禹貢冀州大行恒山之西、太原太岳之野、至曾孫成侯、南徙居曲沃、近平陽焉、昔堯之末、洪水九年、下民其咨、萬國不粒、於時殺禮以救艱厄、其流乃被於今、當周公召公共和之時、成侯曾孫僖侯、甚嗇愛物、儉不中禮、國人閔之、唐之變風始作、其孫穆侯又徙於絳云、

秦譜

秦者、隴西谷名、於禹貢、近雍州鳥鼠之山、堯時有伯翳者、實皐陶之子、佐禹治水、水土既平、舜命作虞官、

掌上下艸木鳥獸，賜姓曰嬴。歷夏商興衰，亦世有人焉。周孝王使其末孫非子養馬於汧渭之閒，孝王爲伯翳能知禽獸之言，子孫不絶，故封非子爲附庸，邑之於秦谷。至曾孫秦仲，宣王又命作大夫，始有車馬禮樂侍御之好，國人美之，秦之變風始作。秦仲之孫襄公，平王之初，興兵討西戎以救周。平王東遷王城，乃以岐豐之地賜之，始列爲諸侯。遂横有周西都宗周畿内八百里之地。其封域東至迆山，在荆岐終南惇物之野。至玄孫德公，又徙於雍云。

陳譜

陳者，大皥虙戲氏之墟。帝舜之胄有虞閼父者，爲周武王陶正。武王賴其利器用，與其神明之後，封其子嬀滿於陳，都於宛丘之側，是曰陳胡公，以備三恪。妻以元女太姬其封域在禹貢豫州之東其地廣平無名山大澤西望外方東不及明音孟猪太姬無子好巫覡禱祈鬼神歌舞之樂民俗化而爲之五世至幽公當厲王時政衰大夫淫荒所爲無度國人傷而刺之陳之變風作矣

檜風

檜者古高辛氏火正祝融之墟檜國在禹貢豫州外方之北滎波之南居溱洧之間祝融氏名黎其後八姓唯妘姓檜者處其地焉周夷王厲王之時檜公不務政事而好絜衣服大夫去之於是檜之變風始作其國北鄰於虢

曹譜

曹者禹貢兖州陶丘之北地名周武王既定天下封

弟叔振鐸於曹，今曰濟陰定陶是也。其封域在雷夏菏澤之野，昔堯嘗遊成陽，死而葬焉，舜漁於雷澤，民俗始化，其遺風重厚，多君子，務稼穡，薄衣食，以致畜積。夾於魯衛之閒，又寡於患難，末時富而無教，乃更驕侈。曹之後世雖爲宋所滅，宋亦不數伐曹，故得寡於患難。十一世當周惠王時，政衰，昭公好奢而任小人，曹之變風始作。

豳譜

豳者，后稷之曾孫也，公劉者，自郃而出，所徙戎狄之地名，今屬右扶風栒邑。公劉以夏后太康時失其官守，竄於此地，猶脩后稷之業，勤恤愛民，民咸歸之而國成焉。其封域在禹貢雍州岐山之北，原隰之野。至商之末世，太王又避戎狄之難，而入處於岐陽，民又歸之、公劉之出、太王之入、雖有其異、由有事難之故、皆能守后稷之教、不失其德、成王之時、周公避流言之難、出居東都二年、思公劉太王居豳之職、憂念民事、至苦之功、以比序己志、後成王迎之、反之攝政、致太平、其出入也、一德不回、純似於公劉太王之所爲、太師大述其志、主意於豳公事、故別其詩、以爲豳國變風焉、

小大雅譜

小雅大雅者、周室居西都豐鎬之時詩也、始祖后稷由神氣而生、有播種之功於民、公劉至于太王王季歷及千載、越異代、而別世載其功業、爲天下所歸、文王受命、武王遂定天下、盛德之隆、大雅之初、起自文王、至于文王有聲、據盛隆、而推原天命、上述祖考之

美小雅自鹿鳴至於魚麗先其文所以治內後其武所以治外此二雅逆順之次要於極賢聖之情著天道之助如此而已矣又大雅生民下及卷阿小雅南有嘉魚下及菁菁者莪周公成王之時詩也傳曰文王基之武王鑿之周公內之謂其道同終始相成比而合之故大雅十八篇小雅十六篇爲正經其用於樂國君以小雅天子以大雅然而饗賓或上取燕或下就何者天子饗元侯歌肆夏合文王諸侯歌文王合鹿鳴諸侯於鄰國之君與天子於諸侯同天子諸侯燕羣臣及聘問之賓皆歌鹿鳴合鄉樂此其著略大校見在於書籍也禮樂崩壞不可得詳大雅民勞小雅六月之後皆謂之變雅美惡各以其時亦顯善懲過正之次也問者曰常棣閔管蔡之失道何故列

於文王之詩曰閔之閔之者閔其失兄弟相承順之道至於被誅若在成王周公之詩則是彰其罪非閔之故爲隱推而上之因文王有親兄弟之義又問曰小雅之臣何也獨無刺厲王曰有爲十月之交雨無正小旻小宛之詩是也漢興之初師移其第耳亂甚焉既移文改其目義順上下刺幽王亦過矣

周頌譜

周頌者周室成功致太平德洽之詩其作在周公攝政成王即位之初頌之言容天子之德光被四表格于上下無不覆燾無不持載此之謂容於是和樂興焉頌聲乃作禮運曰政也者君之所以藏身也是故夫政必本於天殽以降命命降于社之謂殽地降于祖廟之謂仁義降於山川之謂興作降於五祀之謂

制度。又曰：祭帝於郊，所以定天位；祀社於國，所以列地利；祖廟所以本仁；山川所以儐鬼神；五祀所以本事。又曰：禮行於郊而百神受職焉，禮行於社而百貨可極焉，禮行於祖廟而孝慈服焉，禮行於五祀而正法則焉。故自郊社、祖廟、山川、五祀，義之修，禮之藏也。功大如此，可不美報乎？故人君必潔其牛羊，馨其黍稷，齊明而薦之，歌之舞之，所以顯神明、昭至德也。

魯頌譜

魯者，少昊摯之墟也。國中有大庭氏之庫，則大庭氏亦居茲乎？在周公歸政成王，封其元子伯禽於魯。其封域在禹貢徐州大野蒙羽之野。自後政衰，國事多廢。十九世至僖公，當周惠王、襄王時，而遵伯禽之法，養四種之馬，牧於坰野，尊賢祿士，修泮宮，守禮教。僖十六年、冬、會諸侯于淮上、謀東畧、公遂伐淮夷。僖二十二年、新作南門、又脩姜嫄之廟、至於復魯舊制。未徧而薨、國人美其功。季孫行父請命於周、而作其頌。文公十三年、太室屋壞。初成王以周公有太平制典法之勳、命魯郊祭天三望如天子之禮、故孔子録其詩之頌、同於王者之後。問者曰、列國作詩、未有請於周者。行父請之何也。曰、周尊魯、巡守述職、不陳其詩。至於臣頌君功、樂周室之聞、是以行父請焉。周之不陳其詩者、爲憂耳。其有大罪、侯伯監之、行人書之、亦示覺焉。

商頌譜

商者、契所封之地。有娀氏之女、名簡狄者、吞鳦卵而生契。堯末年、舜舉爲司徒、有五教之功、乃賜姓而封之世有官守十四世至湯則受命代夏桀定天下後世有中宗者嚴恭寅畏天命自度治民祗懼不敢荒寧後有高宗者舊勞於外爰洎小人作其即位乃或諒闇三年不言言乃雍不敢荒寧嘉靖殷邦至於大小無時或怨此三王有受命中興之功時有作詩頌之者商德之壞武王伐紂乃以陶唐氏火正閼伯之墟封紂兄微子啓爲宋公代武庚爲商後其封域在禹貢徐州泗濱西及豫州盟豬之野自從政衰散亡商之禮樂七世至戴公時當宣王大夫正考父者校商之名頌十二篇於周太師以那爲首歸以祀其先王孔子錄詩之時則得五篇而已乃列之以備三頌著爲後王之義監三代之成功法莫大於是矣問者曰列國政衰則變風作宋何獨無乎曰有焉乃不錄

之王者之後時王所客也廵守述職不陳其詩亦示無貶黜客之義也又問曰周太師何由得商頌曰周用六代之樂故有之

詩譜終

箋聞舊解云三百十一篇詩並是作者自爲名后妃芳非反風之始此風謂十五國風風是諸侯政教也下云所以風天下論語云君子之德風並是此義風也福鳳反

毛詩卷第一

周南關雎詁訓傳第一

毛詩國風　　鄭氏箋

關雎后妃之德也風之始也所以風天下而正夫婦也故用之鄉人焉用之邦國焉風風也教也風以動之教以化之詩者志之所之也在心爲志發言爲詩情動於中而形於言言之不足故嗟歎之嗟歎之不足故永歌之永歌之不足不知手之舞之足之蹈之也情發於聲聲成文謂之音發猶見也聲謂宮商角徵羽也聲成文者宮商

樂音洛　思息吏反
一本俗上有易字　比必履反　興虚應反
以風福鳳反

上下相應

治世之音安以樂其政和亂世之音怨以怒其政乖亾國之音哀以思其民困故正得失動天地感鬼神莫近於詩先王以是經夫婦成孝敬厚人倫美敎化移風俗故詩有六義焉一曰風二曰賦三曰比四曰興五曰雅六曰頌上以風化下下以風刺上主文而譎諫言之者無罪聞之者足以戒故曰風

風化風刺皆謂譬喻不斥言也主文主與樂之宫商相應也譎諫詠歌依違不直諫

至于王道衰禮義廢政敎失國異政家殊俗而變風變雅作矣國史明乎得失之迹傷人倫之廢哀刑政之苛吟詠情性

一本註始也有四字

以風其上達於事變而懷其舊俗者也故變風發乎情止乎禮義發乎情民之性也止乎禮義先王之澤也是以一國之事繫一人之本謂之風言天下之事形四方之風謂之雅雅者正也言王政之所由廢興也政有小大故有小雅焉有大雅焉頌者美盛德之形容以其成功告於神明者也是謂四始詩之至也始者王道興衰之所由然則關雎麟趾之化王者之風故繫之周公南言化自北而南也鵲巢騶虞之德諸侯之風也先王之所以教故繫之召公自從也從北而南謂其化從岐周被江漢

與虛應反他皆倣此別彼列反下同說音悅樂音洛別直遥反

之域也先王斥大王王季周南召南正始之道王化之基是以關雎樂得淑女以配君子憂在進賢不淫其色哀窈窕思賢才而無傷善之心焉是關雎之義也哀蓋字之誤也當爲衷衷謂中心恕之無傷善之心謂好逑也

關關雎鳩在河之洲興也關關和聲也雎鳩王雎也鳥摯而有別水中可居者曰洲后妃說樂君子之德無不和諧又不淫其色慎固幽深若雎鳩之有別焉然後可以風化天下夫婦有別則父子親父子親則君臣敬君臣敬則朝廷正朝廷正則王化成箋云摯之言至也謂王雎之鳥雌雄情意至然而有別窈窕淑女君子好逑窈窕幽閒也淑善逑匹也言后妃有關雎之德是幽閒貞專之善女宜爲君子之好匹箋云怨耦曰仇言后妃之德和諧則幽閒處深宮貞專之善女能

逑音求[illegible]爲千儀反

參初金反　差初宜反　荇衡猛反　本亦作莕　共音恭　下共同　樂音洛

覺音教

輾本亦作展　哲善反

爲君子和好衆妾之怨者言皆化后妃之德不嫉妬謂三夫人以下○參差荇菜左右流之荇接余也流求也后妃有關雎之德乃能共荇菜備庶物以事宗廟也箋云左右助也言后妃將共荇菜之菹必有助而求之者言三夫人九嬪以下皆樂后妃之事窈窕淑女寤寐求之寤覺寐寢也箋云言后妃覺寐則常求此賢女欲與之共己職事也○求之不得寤寐思服服思之也箋云服事也求賢女而不得覺寐則思己職事當與誰共之乎悠哉悠哉輾轉反側悠思也箋云思之哉思之哉言己誠思之臥而不周曰輾○參差荇菜左右采之箋云言后妃既得荇菜必有助而采之者窈窕淑女琴瑟友之宜以琴瑟友樂之箋云同志爲友言賢女之助后妃共荇菜其情意乃與琴瑟之志同共荇菜之時樂必作○參差荇菜左右芼之芼擇也箋云后妃既得荇菜必有助而擇

毛詩　卷一　周南　三

芼毛報反

樂之音洛

覃徒南反

者窈窕淑女鐘鼓樂之德盛者宜有鐘鼓之樂箋云琴瑟在堂鐘鼓在庭言共荇菜之時上下之樂皆作盛其禮也

關雎五章章四句故言三章一章四句二章章八句五章是鄭所分故言以下是毛公本意後放此

葛覃后妃之本也后妃在父母家則志在於女功之事躬儉節用服澣濯之衣尊敬師傅則可以歸安父母化天下以婦道也躬儉節用由於師傅之教而後言尊敬師傅者欲見其性亦自然可以歸安父母言嫁而得意猶不忘孝

葛之覃兮施于中谷維葉萋萋興也覃延也葛所以為絺綌女功之事煩

一本盛下有也字
施以豉反長丁丈反
灌古亂反喈音皆摶徒端反稱尺證反
莫美博反
刈魚廢反濩胡郭反絺丑知反綌去逆反紞都覽反紘獲耕反綖音延朝直遙反下同衣於既反

辱者施移也中谷谷中也萋萋茂盛貌箋云葛者婦人之所有事也此因葛之性以興焉興者葛延蔓于谷中喻女在父母之家形體浸浸日長大也其葉萋萋然喻其容色美盛

黄鳥于飛集于灌木其鳴喈喈 黄鳥摶黍也灌木藂木也喈喈和聲之遠聞者也箋云葛延蔓之時則摶黍飛鳴亦因以興焉飛集藂木興女有嫁于君子之道和聲之遠聞興女有才美之稱達於遠方○

葛之覃兮施于中谷維葉莫莫 莫莫成就之貌箋云成就者其可采用之時

是刈是濩爲絺爲綌服之無斁 濩煮之也精曰絺麤曰綌斁厭也古者王后織玄紞公侯夫人紘綖卿之内子大帶大夫命婦成祭服士妻朝服庶士以下各衣其夫箋云服整也女在父母之家未知將有所適故習之以絺綌煩辱之事乃能整治之無厭倦是其性貞專○

言告師氏言告言歸 言我也師女師也古者女師教以婦德婦言婦容婦功祖廟未

見賢遍反撋而純反褖吐亂反

害戶葛反下同否方九反

詩 卷一

毀敎于公宮三月祖廟既毀敎于宗室婦人謂嫁曰歸箋云我告師氏者我見敎告于女師也敎告我以適人之道重言我者尊重師敎也公宮宗室於族人皆爲貴

薄汙我私薄澣我衣

汙煩也私燕服也婦人有副褘盛飾以朝事舅姑接見于宗廟進見于君子其餘則私也箋云煩煩撋之用功深澣謂濯之耳衣謂褘衣以下至褖衣

害澣害否歸寧父母

害何也私服宜澣公服宜否寧安也父母在則有時歸寧爾箋云我之衣服今者何所當見澣乎何所當否乎言常自潔清以事君子

葛覃三章章六句

卷耳后妃之志也又當輔佐君子求賢審官知臣下之勤勞內有進賢之志而無險詖私謁之心朝夕思

卷卷勉反 詖彼寄反 苓音零

畚音本 易以豉反 思息吏反下憂思同

寘之豉反 行戶郎反 注下同 朝直遙反

虺呼回反 隤徒回反

勞力到反

念至於憂勤也

采采卷耳不盈頃筐憂者之興也采采事采之也卷耳苓耳也頃筐畚屬易盈之器也箋云器之易盈而不盈者志在輔佐君子憂思深也嗟我懷人寘彼周行懷思寘置行列也思君子官賢人置周之列位箋云周之列位謂朝廷臣也○陟彼崔嵬我馬虺隤陟升也崔嵬上山之戴石者虺隤病也箋云我我使臣也臣以兵役之事行出離其列位身勤勞於山險而馬又病君子宜知其然我姑酌彼金罍維以不永懷姑且也人君黃金罍永長也箋云我我君也臣出使功成而反君且當設饗燕之禮與之飲酒以勞之我則以是不復長憂思也言且者君賞功臣或多於此○陟彼高岡我馬玄黃山脊曰岡玄馬病則黃我姑酌彼兕觥維以不永傷兕觥角爵也傷思也箋云此章

爲意不盡申殷勤也兕觥罰爵也饗燕所以有之者禮自立司正之後旅醻必有醉而失禮者罰之亦所以爲樂。○陟彼砠矣我馬瘏矣我僕痡矣云何吁矣石山戴土曰砠瘏病也痡亦病也吁憂也箋云此章言臣既勤勞於外僕馬皆病而今云何乎其亦憂矣深閔之辭

卷耳四章章四句

樛木后妃逮下也言能逮下而無嫉妬之心焉后妃能和諧衆妾不嫉妬其容貌恒以善言逮下而安之樛居虯反

南有樛木葛藟纍之興也南南土也木枝下曲曰樛南土之葛藟茂盛箋云木枝以下垂之故故葛也藟也得纍而蔓之而上下俱盛興者喻后妃能以恩意下逮衆妾使得其次序則衆妾

藟力軌反上附時掌反只之氏反樂樂下音洛

上附事之而禮義亦俱盛南土謂荊楊之域樂只君子福履綏之履祿綏安也箋云妃妾以禮義相與和又能以禮樂樂其君子使爲福祿所安○南有樛木葛藟荒之樂只君子福履將之荒奄將大也箋云此章申殷勤之意將猶扶助也○南有樛木葛藟縈之樂只君子福履成之縈旋也成就也

樛木三章章四句

螽斯后妃子孫衆多也言若螽斯不妬忌則子孫衆多也忌有所諱惡於人螽音終惡烏路反

螽斯羽詵詵兮螽斯蚣蝑也詵詵衆多也箋云凡物有陰陽情慾者無不妬忌維蚣蝑不耳各得受氣而生子故能詵詵然衆多后妃之德能如是則宜然宜爾子孫振振兮

唯

詵所巾反蚣粟容反蝑粟居反

振音真　女音汝

薨呼弘反

少詩照反

當丁浪反

振振仁厚也箋云后妃之德寬容不嫉妬則宜女之子孫使其無不仁厚○螽斯羽薨薨

兮宜爾子孫繩繩兮薨薨衆多也繩繩戒慎也○螽斯羽揖揖兮

宜爾子孫蟄蟄兮揖揖會聚也蟄蟄和集也揖子入測立二反蟄尺十反

螽斯三章章四句

桃夭后妃之所致也不妬忌則男女以正婚姻以時

國無鰥民也老無妻曰鰥

桃之夭夭灼灼其華興也桃有華之盛者夭夭其少壯也灼灼華之盛也箋云興者

喻時婦人皆得以年盛時行也之子于歸宜其室家之子嫁子也于徃也宜以有室

家無踰時者箋云宜者謂男女年時俱當○桃之夭夭有蕡其實蕡實貌非但有

〇蕡浮雲反

華色又有婦德之子于歸宜其家室家室猶室家也〇桃之夭夭其葉蓁蓁蓁蓁至盛貌有色有德形體至盛也之子于歸宜其家人一家之人盡以為宜箋云家人猶室家也

桃夭三章章四句

兔罝后妃之化也關雎之化行則莫不好德賢人衆多也罝子斜反好呼報反

肅肅兔罝椓之丁丁肅肅敬也兔罝兔罟也丁丁椓杙聲也箋云罝兔之人鄙賤之事猶能恭敬則是賢者衆多也赳赳武夫公侯干城赳赳武貌干扞也箋云干也城也皆所以禦難也此罝兔之人賢者也有武力可任為將帥之德諸侯可任以國守扞城其民折衝禦難

〇椓陟角反下陟耕反杙本又作弋羊職反

〇難乃旦反下同將子

匹反帥色類反
施如字達永遠反
兔罝疏本罝兔今有賢者二字下兔罝同

於中未然

○肅肅兔罝施于中逵逵九達之道 赳赳武夫公侯好仇箋云怨耦曰仇此兔罝之人敵國有來侵伐者可使和好之亦言賢也 ○肅肅兔罝施于中林中林林中 赳赳武夫公侯腹心可以制斷公侯之腹心箋云此兔罝之人於行攻伐可用爲策謀之臣使之慮無亦言賢也斷丁亂反

兔罝三章章四句

芣苢后妃之美也天下和平則婦人樂有子矣天下和政教平也芣音浮苢音以

采采芣苢薄言采之采采非一辭也芣苢馬舄馬舄車前草也宜懷妊焉薄辭也采取也箋云薄言猶我薄也 采采芣苢薄言有之有藏之也 ○采采芣苢

袺音結，衽入錦反。

流水本作漢水。

薄言掇之。掇，拾也。采采芣苢，薄言捋之。捋，取也。○采采芣苢，薄言袺之。袺，執衽也。采采芣苢，薄言襭之。扱衽曰襭。（襭戶結反，扱初洽反）

芣苢三章，章四句。

漢廣，德廣所及也。文王之道，被于南國，美化行乎江漢之域，無思犯禮，求而不可得也。紂時淫風遍於天下，維江漢之域先受文王之教化。

南有喬木，不可休息。漢有游女，不可求思。興也。南方之木美喬，上竦也。思，辭也。漢上游女，無求思者。箋云：不可者，本有可道也。木以高其枝葉之故，故人不得就而止息也。興者，喻賢女雖出游流水之上，人無欲求犯禮者，亦由貞絜使之然。漢之廣矣，不可

泭芳于反或作柎並同

秣莫葛反上時掌反

蔞力侯反本無者字

毛詩

泳思江之永矣不可方思潛行爲泳永長方泭也箋云漢也江也其欲渡之者必有潛行乘泭之道今以廣長之故故不可也又喻女之貞潔犯禮而往將不至也○翹翹錯薪言刈其楚翹翹薪貌錯雜也箋云楚雜薪之中尤翹翹者我欲刈取之以喻衆女皆貞潔我又欲取其尤高潔者之子于歸言秣其馬秣養也六尺以上曰馬箋云之子是子也謙不敢斥其適己於是子之嫁我願秣其馬致禮餼示有意焉漢之廣矣不可泳思江之永矣不可方思○翹翹錯薪言刈其蔞蔞艸中之翹翹然者之子于歸言秣其駒五尺以上曰駒漢之廣矣不可泳思江之永矣不可方思

漢廣三章章八句

嘻　歎

枚妹迴反

惄乃歷反韓詩作溺音同調張留反又作輖音同

肄以自反

魴符方反赬勑貞反燬音毀

汝墳道化行也文王之化行乎汝墳之國婦人能閔其君子猶勉之以正也言此婦人被文王之化厚事其君子

遵彼汝墳伐其條枚遵循也汝水名也墳大防也枝曰條幹曰枚箋云伐薪於汝水之側非婦人之事以言己之君子賢者而處勤勞之職亦非其事未見君子惄如調飢惄飢意也調朝也箋云惄思也未見君子之時如朝飢之思食○遵彼汝墳伐其條肄肄餘也斬而復生曰肄既見君子不我遐棄既已遐遠也箋云既見君子君子反也于己反得見之知其不遠棄我而死亡於思則愈故下章勉之○魴魚赬尾王室如燬赬赤也魚勞則尾赤燬火也箋云君子仕於亂世其顏色瘦病如魚勞則尾赤所以然者畏王室之酷烈是時紂存雖則如燬父母孔邇孔甚邇近也箋云辟此勤勞之

毛詩 卷一

處或時得罪父母甚近當念之以免於害不能爲疏遠者計也 爲疏于僞反

汝墳三章章四句

麟之趾關雎之應也關雎之化行則天下無犯非禮雖衰世之公子皆信厚如麟趾之時也 關雎之時以麟爲應後世雖衰猶存關雎之化者君子之宗族猶尚振振然有似麟應之時無以過也

麟之趾振振公子 興也趾足也麟信而應禮以足至者也振振信厚也 箋云興者喻今公子亦信厚與禮相應有似於麟 于嗟麟兮 歎辭

振音眞 相應音鷹

○麟之定振振公姓 定題也公姓公同姓 于嗟麟兮

定都佞反

○麟之角振振公族 麟角所以表其德也公族公同祖也 箋云麟角之末有肉示有武而不用 于嗟麟兮

秸鞠鳴鳩也作鶻

一本鳩下有也鳲鳩三字

麟之趾三章章三句

周南之國十一篇二十六章百五十九句

召南鵲巢詁訓傳第二

毛詩國風　　鄭氏箋

鵲巢夫人之德也國君積行累功以致爵位夫人起家而居有之德如鳲鳩乃可以配焉起家而居有之謂嫁於諸侯也夫人有均壹之德如鳲鳩然而後可用配國君鵲七略反行下孟反

維鵲有巢維鳩居之興也鳩鳲鳩秸鞠也鳲鳩不自爲巢居鵲之成巢箋云鵲之作巢冬至架之至春乃成猶國君積行累功故以興爲興者鳲鳩因鵲成巢而居有之而有均一之德猶

是下一本有子字

御五嫁反本亦作訝又作迓乘繩證反

媵音孕

國君夫人來嫁居君子之室其德亦然室燕寢也之子于歸百兩御之百兩百乘也諸侯之子嫁於諸侯送御皆百乘箋云之子是子也御迎也是如鳲鳩之子其往嫁也家人送之良人迎之車皆百乘象有百官之盛○維鵲有巢維鳩方之方有之也之子于歸百兩將之將送也○維鵲有巢維鳩盈之盈滿也箋云滿者言眾媵姪娣之多之子于歸百兩成之能成百兩之禮也箋云是子有鳲鳩之德宜配國君故以百兩之禮送迎成之

鵲巢三章章四句

采蘩夫人不失職也夫人可以奉祭祀則不失職矣奉祭祀者采蘩之事也不失職者夙夜在公也

皤薄波反蒿呼羔反

溉古愛反饎昌志反爨七亂反髲皮寄反鬄徒帝反

于以采蘩于沼于沚蘩皤蒿也于於沼池沚渚也公侯夫人執蘩菜以助祭神饗德與信不求備焉沼沚谿澗之州猶可以薦王后則供荇菜也箋云于以猶言往以也執蘩菜者以豆薦蘩菹于以用之公侯之事之事祭事也箋云言夫人於君祭祀而薦此豆也○于以采蘩于澗之中山夾水曰澗于以用之公侯之宮宮廟也○被之僮僮夙夜在公被首飾也僮僮竦敬也夙早也箋云公事也早夜在事謂視濯溉饎爨之事禮記主婦髲鬄被之祁祁薄言還歸祁祁舒遲也去事有儀也箋云言我也祭事畢夫人釋祭服而去髲鬄其威儀祁祁然而安舒無罷倦之失禮我還歸者自廟反其燕寢罷音皮

采蘩三章章四句

喓於遙反趯託歷反阜音婦螽音終蠜音煩

忡敕中反當丁浪反下同

覯古豆反降戶江反

艸蟲大夫妻能以禮自防也

喓喓艸蟲趯趯阜螽興也喓喓聲也艸蟲常羊也趯趯躍也阜螽蠜也卿大夫之妻待禮而行隨從君子箋云艸蟲鳴阜螽躍而從之異種同類猶男女嘉時以禮相求呼未見君子憂心忡忡忡忡猶衝衝也婦人雖適人有歸宗之義箋云未見君子者謂在塗時也在塗而憂憂不當君子無以寧父母故心衝衝然是其不自絕於其族之情亦既見止亦既覯止我心則降止辭也覯遇降下也箋云既見謂已同牢而食也既覯謂已昏也始者憂於不當君子今君子待己以禮庶自此可以寧父母故心下也易曰男女覯精萬物化生○陟彼南山言采其蕨南山周南山也蕨虌也箋云言我也我采者在塗而見采虌菜者得其所欲得猶已今之行者欲得禮以自喻也未見君子憂心惙惙惙惙憂也亦既

離力智反

見止亦既覯止我心則說說服也○陟彼南山言采其薇薇菜也未見君子我心傷悲嫁女之家不息火三日思相離也箋云惟父母思己故己亦傷悲亦既見止亦既覯止我心則夷夷平也

艸蟲三章章七句

采蘋大夫妻能循法度也能循法度則可以承先祖共祭祀矣女子十年不出姆教婉娩聽從執麻枲治絲繭織紝組紃學女事以共衣服觀於祭祀納酒漿籩豆葅醢禮相助奠十有五而笄二十而嫁此言能循法度者今既嫁為大夫妻能循其為女之時所學所觀之事以為法度共音恭姆莫豆反娩音晚枲絲似反紝女金反紃音旬相息亮反笄古兮反

于以采蘋南澗之濱于以采藻于彼行潦蘋大萍也濱厓也藻

草木又作萍薄経反先蘇遍反芼莫報反行下孟反

盛音成錡其綺反亨本又作烹湆去急反鉶音形

聚藻也行潦流潦也箋云古者婦人先嫁三月祖廟
未毀教于公宮祖廟既毀教于宗室教以婦德婦言
婦容婦功教成之祭牲用魚芼用蘋藻所以成婦順
也此祭女所出祖也法度莫大於四教是又祭以成
之故舉以言焉蘋之言賓也藻之言澡也○于以盛
之維筐及筥于以湘之維錡及釜方曰筐圓曰筥湘亨也錡釜屬有足
曰錡無足曰釜箋云亨蘋藻
者於魚湆之中是鉶羹之芼○于以奠之宗室牖下
奠置也宗室大宗之廟也大夫士祭於宗廟奠於牖
下箋云牖下戶牖間之前祭不於室中者凡昏事於
女禮設几筵於戶外此其義也與誰其尸之有齊季
宗子主此祭維君使有司爲之
女尸主齊敬季少也蘋藻薄物也澗潦至質也筐筥
錡釜陋器也少女微主也古之將嫁女者必先禮之
於宗室牲用魚芼之以蘋藻箋云主設羹者季女則
非禮也女將行父禮之而俟迎者蓋母薦之無祭事

齊本亦作齋同側皆反少詩照反下同迎宜敬反齍音資盛本作粢

蔽必袂反芾非貴反茇蒲曷反去羌呂反斷丁亂反說音悅

一本茇艸舍也四字係鄭箋

也祭事主婦設羮斂成之祭更使季女者成其婦禮

也季女不主魚魚俎實男子設之其粢盛蓋以黍稷

采蘋三章章四句

甘棠美召伯也召伯之敎明於南國 召伯姬姓名奭食采於召作上

公爲二伯後封于燕此美

其爲伯之功故言伯云 召時照反奭音釋燕烏賢反

蔽芾甘棠勿翦勿伐召伯所茇 蔽芾小貌甘棠杜也翦去伐擊也茇艸舍

也箋云召伯聽男女之訟不重煩勞百姓止舍小棠

之下而聽斷焉國人被其德說其化思其人敬其樹

○蔽芾甘棠勿翦勿敗召伯所憩 憩息也 憩起例反 ○蔽芾甘棠

勿翦勿拜召伯所說 說舍也箋云拜之言拔也 說始銳反

甘棠三章章三句

毛詩 卷一 召南

行露召伯聽訟也衰亂之俗微貞信之教興彊暴之男不能侵陵貞女也衰亂之俗微貞信之教興者此殷之末世周之盛德當文王與紂之時

厭浥行露豈不夙夜謂行多露興也厭浥濕意也行道也豈不言有是也箋云夙早也夜暮也厭浥然濕道中始有露謂二月中嫁取時也言我豈不知當早夜成昏禮與謂道中之露大多故不行耳今彊暴之男以此多露之時禮不足而彊來不度時之可否故云然周禮仲春之月令會男女之無夫家者行事必以昏昕○誰謂雀無角何以穿我屋誰謂女無家何以速我獄不思物變而推其類雀之穿屋似有角者速召獄埆也箋云女女彊暴之男變異也人皆謂雀之穿屋似有角彊暴之男召我而獄似有室家之道於我也物有似

明本無夜暮也三字

厭於葉反浥於及反大音泰彊其丈反下彊來同度待洛反昕許巾反

女音汝、下皆同、埆音角、咮本亦作噣、郭張救反、紂側基反、妁時酌反、又音酌、

而不同雀之穿屋不以角乃以咮今彊暴之男召我而獄不以室家之道於我乃以侵陵物與事有似而非者士師所當審也雖速我獄室家不足昏禮紂帛不過五兩箋云幣可備也室家不足謂媒妁之言不和六禮之來彊委之○誰謂鼠無牙何以穿我墉誰謂女無家何以速我訟墉牆也視牆之穿推其類可謂鼠有牙墉音容雖速我訟亦不女從不從終不棄禮而隨此彊暴之男

行露三章一章三句二章章六句

羔羊鵲巢之功也召南之國化文王之政在位皆節儉正直德如羔羊也鵲巢之君積行累功以致此羔羊之化在位卿大夫競相功化皆如此羔羊之人

它徒何反數所具反後不音者同

委於危反蛇本又作虵同音移行下孟反從足容反又子用反迹本又作跡緎音域又于域反

殷音隱下同靁亦作雷使所吏反

羔羊之皮素絲五紽 小曰羔大曰羊素白也紽數也古者素絲以英裘不失其制大夫羔裘以居 退食自公委蛇委蛇 公公門也委蛇行可從迹也 箋云退食謂減膳也自從也從於公謂正直順於事也委蛇委曲自得之貌節儉而順心志定故可自得也 ○羔羊之革素絲五緎 革猶皮也緎縫也 委蛇委蛇自公退食 箋云自公退食猶退食自公 ○羔羊之縫素絲五總 縫言縫殺之大小得其制總數也 總子公反殺所界反 委蛇委蛇退食自公

羔羊三章章四句

殷其靁勸以義也召南之大夫遠行從政不遑寧處其室家能閔其勤勞勸以義也 召南大夫召伯之屬遠行謂使出邦畿

振音眞、爲君于爲反、使所吏反、

殷其靁在南山之陽殷，靁聲也。山南曰陽。靁出地奮震驚百里，山出雲雨，以潤天下。箋云：靁以喻號令。於南山之陽，又喻其在外也。召南大夫以王命施號令於四方，猶靁殷殷然發聲於山之陽。何斯違斯，莫敢或遑何此君子也。斯，此。違，去。遑，暇也。箋云：何乎此君子，適居此復去此，轉行遠，從事於王所命之方，無敢或閒暇時，閔其勤勞。振振君子，歸哉歸哉振振，信厚也。箋云：大夫信厚之君子，爲君使功未成，歸哉歸哉，勸以爲臣之義，未得歸也。○殷其靁在南山之側亦在其陰與左右也。何斯違斯，莫敢遑息息，止也。振振君子，歸哉歸哉○殷其靁在南山之下或在其下。箋云：下謂山足。何斯違斯，莫或遑處處，居也。處尺煮反振振君子，歸哉歸哉

殷其靁三章，章六句。

明本無字　明本無女字

鄉許亮反差初賣反

頃音傾塈許器反

摽有梅男女及時也召南之國被文王之化男女得以及時也摽婢小反

摽有梅其實七兮興也摽落也盛極則墮落者梅也尚在樹者七箋云興者梅實尚餘七未落喻始衰也謂女年二十春盛而不嫁至夏則衰迨音殆求我庶士迨其吉兮吉善也箋云我我當嫁者庶衆迨及也求女之當嫁者之衆士宜及其善時善時謂女年二十雖夏未太衰

○摽有梅其實三兮在者三也箋云此夏鄉晚梅之墮落差多在者餘三耳求我庶士迨其今兮今急辭也

○摽有梅頃筐塈之塈取也箋云頃筐取之謂夏已晚頃筐取之於地求我庶士迨其謂之不待備禮也三十之男二十之女禮未備則不待禮會而行之者所以蕃育人民也箋云謂勤也女年二十而無嫁端則有勤望之

嘒呼惠反噣張救反見賢遍反下同宿音秀

夏不待禮會而行之者謂明年仲春不待以禮會之也時禮雖不備相奔不禁禁居鴆反

摽有梅三章章四句

小星惠及下也夫人無妬忌之行惠及賤妾進御於君知其命有貴賤能盡其心矣以色曰妬以行曰忌命謂禮命貴賤行下孟反注同

嘒彼小星三五在東嘒微皃小星衆無名者三心五噣四時更見箋云衆無名之星隨心噣在天猶諸妾隨夫人以次序進御於君也心在東方三月時也噣在東方正月時也如是終歲列宿更見肅肅宵征夙夜在公寔命不同肅肅疾皃宵夜征行或早或夜不得同於列位也箋云夙早也謂諸妾肅肅然夜行或早或夜在於君所以次序進御者是其禮命之數不同也凡妾御於君不當夕○嘒彼小星維參與昴參伐也昴畱也箋云此言

參所林反昴音卯、一名留二星皆西方宿、

衆無名之星亦隨伐留在天肅肅宵征抱衾與裯寔命不猶衾被也裯禈被也猶若也箋云裯牀帳也諸妾夜行抱衾與牀帳待進御之次序不若亦言尊卑異也裯直留反、

小星二章章五句

江有汜美媵也勤而無怨嫡能悔過也文王之時江沱之閒有嫡不以其媵備數媵遇勞而無怨嫡亦自悔也勤者以己宜媵而不得心望之汜音祀江水名媵音孕、汜徒何反、

江有汜興也水決復入爲汜箋云興者喻江水大汜水小然得並流似嫡媵宜俱行之子歸不我以不我以其後也悔嫡能自悔也箋云之子是子也是子謂嫡也婦人謂嫁曰歸以猶與也

○江有渚渚小洲也水岐成渚箋云江水流而渚留是嫡與己異心

使己獨留不行之子歸不我與不我與其後也處處止也箋云嫡能悔過自止○江有沱沱江之別者箋云岷山道江東別為沱沱徒何反之子歸不我過不我過其嘯也歌箋云嘯蹙口而出聲嫡有所思而為之既覺自悔而歌歌者言其悔過以自解說也過音戈

江有汜三章章五句

野有死麕惡無禮也天下大亂彊暴相陵遂成淫風被文王之化雖當亂世猶惡無禮也無禮者謂不由媒妁鴈幣不至劫脅以成昏謂紂之世麕本亦作麏俱倫反惡烏路反下同

野有死麕白茅包之郊外曰野包裹也凶荒則殺禮猶有以將之野有死麕羣田之

裹音果殺所戒反令力呈反

樸蒲木反樕音速純徒本反屯徒尊反

考文如上有德字

脫勑外反

一本作巾

獲而分其肉白茅取絜清也箋云亂世之民貧而彊暴之男多行無禮故貞女之情欲令人以白茅裹束野中田者所分麕肉以爲禮而來有女懷春吉士誘之懷思也春不暇待秋也誘道也箋云有貞女思仲春以禮與男會吉士使媒人道成之疾時無禮而言然〇林有樸樕野有死鹿白茅純束樸樕小木也野有死鹿廣物也純束猶包之也箋云樸樕之中及野有死鹿皆可以白茅包裹束以爲禮廣可用之物非獨麕也純讀如屯有女如玉德如玉也箋云如玉者取其堅而絜白〇舒而脫脫兮舒徐也脫脫舒遲也箋云貞女欲吉士以禮來脫脫然舒也又疾時無禮彊暴之男相劫脅無感我悅兮感動也悅佩巾也箋云奔走失節動其佩飾（悅始銳反）無使尨也吠尨狗也非禮相陵則狗吠（尨美邦反吠符廢反）

野有死麕三章二章章四句一章章三句

栘音移

車協韻尺奢反又音居

爲之綸明本作之爲綸

何彼襛矣美王姬也雖則王姬亦下嫁於諸侯車服不繫其夫下王后一等猶執婦道以成肅雝之德也下王后一等謂車乘厭翟勒面繢總服則褕翟

襛如容反車音居他皆放此厭於葉反褕音遥

何彼襛矣唐棣之華興也襛猶戎戎也唐棣栘也箋云何乎彼戎戎者乃栘之華興者喻王姬顔色之美盛曷不肅雝王姬之車曷何之往也何不敬和乎王姬往乘車也言其嫁時始乘車則已敬和

○何彼襛矣華如桃李平王之孫齊侯之子平正也武王女文王孫適齊侯之子箋云華如桃李者興王姬與齊侯之子顔色俱盛正王者德能正天下之王

○其釣維何維絲伊緡齊侯之子平王之孫伊維緡綸也箋云釣者以此有求於彼何以爲之乎以絲爲之綸則是善

茁側劣反 側刷二反 葭音加 著張慮反 後不音者倣此

豝百加反 射食亦反

釣也以言王姬與齊侯之子以善道相求緡亡貧反

何彼襛矣三章章四句

騶虞鵲巢之應也鵲巢之化行人倫既正朝廷既治天下純被文王之化則庶類蕃殖蒐田以時仁如騶虞則王道成也應者應德自遠而至騶側留反

彼茁者葭茁出也葭蘆也箋云記蘆始出者著春田之早晚壹發五豝豕牝曰豝虞人翼五豝以待公之發箋云君射一發而翼五豝者戰禽獸之命必戰之者仁心之至于嗟乎騶虞騶虞義獸也白虎黑文不食生物有至信之德則應之箋云于嗟者美之也○彼茁者蓬蓬艸名也壹發五豵一歲曰豵豕生三曰豵豵子公反箋云于嗟乎騶虞

騶虞二章章三句

召南之國十四篇四十章百七十七句

毛詩卷第一

毛詩卷一　召南　二十九

汎敷劒反

敖本亦作遨五羔反

毛詩卷第二

邶柏舟詁訓傳第三

毛詩國風　　鄭氏箋

柏舟言仁而不遇也衛頃公之時仁人不遇小人在側不遇者君不受己之志也君近小人則賢者見侵害

汎彼栢舟亦汎其流興也汎汎流貌栢木所以宜爲舟也亦汎汎其流不以濟渡也箋云舟載渡物者今不用而與衆物汎汎然俱流水中興者喻仁人之不見用而與羣小人並列亦猶是也耿耿不寐如有隱憂耿耿猶儆儆也隱痛也箋云仁人既不遇憂在見侵害微我無酒以敖以遊非我無酒可以遨遊忘憂也○我心匪鑒不

明本脫度下知字

茹如預反　度待洛反

愬蘇路反

覯古豆反

辟避亦反　摽符小反　拊音撫

可以茹。鑒所以察形也。茹，度也。箋云：鑒之察形，但知方圓白黑，不能度知其眞僞。我心非如是鑒，我於衆人之善惡外內，心度知之。亦有兄弟，不可以據。據，依也。箋云：兄弟至親，當相據依，言亦有不相據依以爲是者，希耳。責之以兄弟之道，謂同姓臣也。薄言往愬，逢彼之怒。彼，彼兄弟。○我心匪石，不可轉也。我心匪席，不可卷也。石雖堅，尚可轉；席雖平，尚可卷。箋云：言己心志堅平，過於石席。威儀棣棣，不可選也。君子望之儼然可畏，禮容俯仰，各有威儀耳。棣棣，富而閑習也。物有其容，不可數也。箋云：稱己威儀如此者，言己德備而不遇，所以慍怒也。○憂心悄悄，慍于群小。慍，怒也。悄悄，憂貌。箋云：羣小，衆小人在君側者。覯閔既多，受侮不少。閔，病也。静言思之，寤辟有摽。辟，拊心也。摽，拊心貌。箋云：言，我也。○日居月諸，胡迭而微。

澣戶管反

一本作憒亂垢辱

箋云日君象也月臣象也微謂虧傷也君道當常明如日而月有虧盈今君失道而任用小人大臣專恣則日如月然

心之憂矣如匪澣衣如衣之不澣矣箋云衣之不澣則憒辱無照察

靜言思之不能奮飛不能如鳥奮翼而飛去箋云臣不遇於君猶不忍去厚之至也

栢舟五章章六句

綠衣衛莊姜傷己也妾上僭夫人失位而作是詩也綠當爲褖故作褖今轉作綠字之誤也莊姜莊公夫人齊女姓姜氏妾上僭者謂公子州吁之母母嬖而州吁驕褖吐亂反上時掌反

綠兮衣兮綠衣黃裏興也綠間色黃正色箋云褖兮衣兮者言褖衣自有禮制也諸侯夫人祭服之下鞠衣爲上展衣次之褖衣次之次之者衆妾亦以貴賤之等服之鞠衣黃展衣白褖

チ
女音汝、行下孟反
下同、以上時掌
反、衣纖於既反
下音忘
俾卑爾反、訧音尤、差
初賣反

明本此下脫古字

衣黑皆以素紗爲裏今褖衣反以黃爲裏非其禮制也故以喻妾上僭 心之憂矣曷維其已 憂雖欲自止何時能止也 ○綠兮衣兮綠衣黃裳 上曰衣下曰裳箋云婦人之服不殊衣裳上下同色今衣黑而裳黃喻亂嫡妾之禮 心之憂矣曷維其亾 箋云亾之言忘也 ○綠兮絲兮女所治兮 綠末也絲本也箋云女女妾上僭者先染絲後制衣皆女之所治爲也而女反亂之亦喻亂嫡妾之禮責以本末之行禮大夫以上衣織故本於絲也 我思古人俾無訧兮 俾使訧過也箋云古人謂制禮者我思此古人定尊卑使人無過差之行故心善之也 ○絺兮綌兮淒其以風 淒寒風也箋云絺綌所以當暑今以待寒喻其失所也 我思古人實獲我心 古之君子實得我之心也箋云古之聖人制禮者使夫婦有道妻妾貴賤各有次序

差楚佳反 鳦音乙

明本箋云下脫于往也三字

野韻羊汝反

頡戶結反 頏戶郎反 上時掌反

綠衣四章章四句

燕燕衛莊姜送歸妾也莊姜無子陳女戴嬀生子名完莊姜以爲己子莊公薨完立而州吁殺之戴嬀於是大歸莊姜遠送之于野作是詩見己志燕於見反 嬀居危反 殺如字又申志反 見賢遍反

燕燕于飛差池其羽燕燕鳦也燕之于飛必差池其羽箋云于往也差池其羽謂張舒其尾翼興戴嬀將歸顧視其衣服之子于歸遠送于野之子去者也歸歸宗也遠送過禮于於也郊外曰野箋云婦人之禮送迎不出門今我送是子乃至于野者舒己憤盡己情瞻望弗及泣涕如雨瞻視也○燕燕于飛頡之頏之飛而上曰頡飛而下曰頏箋云頡頏興戴嬀將歸出入前郤之子于歸遠于將之將行也箋云將亦送也瞻望弗及佇立以泣佇立久立也○燕燕于飛下

毛詩 卷二 邶風 三

實是也三字明本混釈文

瘞於例反行下孟反

上其音。飛而上曰上音，飛而下曰下音。箋云：下上其音，與戴嬀將歸，言語感激，聲有小大。之

子于歸，遠送于南。陳在衛南。瞻望弗及，實勞我心。實是也。○

仲氏任只，其心塞淵。仲氏，戴嬀字也。任，大。塞，瘞。淵，深也。箋云：任者，以恩相親信也。周

禮六行，孝友睦婣任恤。終溫且惠，淑慎其身。惠，順也。箋云：溫，謂顏色和也。淑，善也。

先君之思，以勗寡人。勗，勉也。箋云：戴嬀思先君莊公之故，故將歸，猶勸勉寡人以禮

義。寡人，莊姜自謂也。勗，許玉反。

燕燕四章，章六句。

日月，衛莊姜傷己也。遭州吁之難，傷己不見荅於先

君，以至困窮之詩也。難，乃旦反。

好呼報反

處昌慮反又昌呂反

日居月諸照臨下土日乎月乎照臨之也箋云日月喻國君與夫人也當同德齊意以治國者常道也乃如之人兮逝不古處逝逮古故也箋云之人是人也謂莊公也其所以接及我者不以故處甚違其初時胡能有定寧不我顧胡何定止也箋云寧猶曾也君之行如是何能有所定乎曾不顧念我之言是其所以不能定完也○日居月諸下土是冒冒覆也箋云覆猶照臨也乃如之人兮逝不相好不及我以相好箋云其所以接及我者不以相好之恩情甚其於己薄也胡能有定寧不我報盡婦道而不得報○日居月諸出自東方日始月盛皆出東方箋云自從也言夫人當盛之時與君同位乃如之人兮德音無良音聲良善也箋云無善恩意之聲語於我也胡能有定俾也可忘箋云俾使也君之行如此何能有所定使

明本慢下脫而字

是無良可忽也　○日居月諸東方自出父兮母兮畜我不卒箋云畜養卒終也父兮母兮者言己尊之如父又親之如母乃反養遇我不終也胡能有定報我不述述循也箋云不循不循禮也

日月四章章六句

終風衛莊姜傷己也遭州吁之暴見侮慢而不能正也正猶止也

終風且暴顧我則笑興也終日風爲終風暴疾也笑侮之也箋云既竟日風矣而又暴疾興者喩州吁之爲不善如終風之無休止而其間又有甚惡悼者其在莊姜之旁視莊姜則反笑之是無敬心之甚謔浪笑敖言戲謔不敬中心是悼箋云悼者傷其如是然而已不

霾亡皆反　雨于傅反

來古協思韻多音棃他皆放此

曀於計反

嚏跲一本作疐

嚏竹利反　跲渠業反

能得而止之○終風且霾霾雨土也惠然肯來言時有順心也箋云肯可也有順心然後可以來至我旁不欲見其戲謔莫往莫來悠悠我思人無子道以來事己己亦不得以母道往加之箋云我思其如是心悠悠然○終風且曀不日有曀陰而風曰曀箋云有又也既竟日風且復曀不見日矣而又曀者喻州吁闇亂甚也寤言不寐願言則嚏嚏跲也箋云言我願思也嚏讀當爲不敢嚏咳之嚏我其憂悼而不能寐女思我心如是我則嚏也今俗人嚏云人道我此古之遺語也○曀曀其陰如常陰曀曀然虺虺其靁暴若震靁之聲虺虺然寤言不寐願言則懷懷傷也箋云懷安也女思我心如是我則安也女音汝下同後可以意求之

終風四章章四句

鏜吐當反

擊鼓怨州吁也衛州吁用兵暴亂使公孫文仲將而平陳與宋國人怨其勇而無禮也將者將兵以伐鄭也平成也將伐鄭先告陳與宋以成其伐事春秋傳曰宋殤公之卽位也公子馮出奔鄭鄭人欲納之及衛州吁立將脩先君之怨於鄭而求寵於諸侯以和其民使告於宋曰君若伐鄭以除君害君爲主敝邑以賦與陳蔡從則衛國之願也宋人許之於是陳蔡方睦於衛故宋公陳侯蔡人衛人伐鄭是也伐鄭在魯隱公四年將千亮反

擊鼓其鏜踊躍用兵鏜然擊鼓聲也使衆皆踊躍用兵也箋云此用兵謂治兵時

土國城漕我獨南行漕衛邑也箋云此言衆民皆勞苦也或役土功於國或脩治漕城而我獨見使從軍南行伐鄭是尤勞苦之甚 ○ 從孫子仲平陳與宋孫子仲謂公孫文仲也平陳於宋箋云子仲字也平陳於宋謂使告宋曰君爲主敝邑以賦與陳蔡從

不我

契本亦作挈同苦結反　說音悅　數色主反

難乃旦反

以歸憂心有忡（憂心忡忡然　箋云以猶與也與我南行不與我歸期兵凶事懼不得歸豫憂之）○爰居爰處爰喪其馬（有不還者有亡其馬者　箋云爰於也不還謂死也傷也病也今於何居乎於何處乎於何喪其馬乎）于以求之于林之下（山木曰林　箋云于於也求不還者及亡其馬者當於山林之下軍行必依山林求其故處近得之）○死生契闊與子成說（契闊勤苦也說數也　箋云從軍之士與其伍約死也生也相與處勤苦之中我與子成相說愛之恩志在相存救也）執子之手與子偕老（偕俱也　箋云執其手與之約誓示信也言俱老者庶幾俱免於難）○于嗟闊兮不我活兮（不與我生活也　箋云州吁阻兵安忍阻兵無衆安忍無親衆叛親離軍士棄其約離散相遠故吁嗟歎之闊兮女不與我相救活傷之）于嗟洵兮不我信兮（洵遠信極也　箋云歎其棄約不與我相親信亦

也

樂音洛長丁丈反下同

棘下喻 明本作 猶

夭於驕反劬其俱反少詩照反

傷之 洵吁縣反信毛音申

擊鼓五章章四句

凱風美孝子也衛之淫風流行雖有七子之母猶不能安其室故美七子能盡其孝道以慰其母心而成其志爾不安其室欲去嫁也以成其志者成言孝子自責之意

凱風自南吹彼棘心興也南風謂之凱風樂夏之長養棘難長養者箋云興者以凱風喻寬仁之母棘喻七子也棘心夭夭母氏劬勞夭夭盛貌劬勞病苦也箋云夭夭以喻七子少長母養之病苦也○凱風自南吹彼棘薪棘薪其成就者母氏聖善我無令人聖叡也箋云叡作聖令善也母乃有叡知之善德我七子無善人能

浚音峻、樂音洛、

睍胡顯反、睆華板反、說音悅、下篇註同

報之者故母不安我室欲去嫁也知音智〇爰有寒泉在浚之下浚衞邑也在浚之下言有益於浚箋云爰曰也曰有寒泉者在浚之下浸潤之使浚之民逸樂以興七子不能如也有子七人母氏勞苦〇睍睆黃鳥載好其音睍睆好貌箋云睍睆以興顏色說也載好其音者興其辭令順也以言七子不能如也有子七人莫慰母心慰安也

凱風四章章四句

雄雉刺衞宣公也淫亂不恤國事軍旅數起大夫久役男女怨曠國人患之而作是詩箋淫亂者宣公荒放於妻妾烝於夷姜之等國人久處軍役之事故男多曠女多怨也男曠而苦其事女怨而望其君子數色角反

泄移世反

貽本亦作詒 遺維季反 難乃旦反下君之行同 朝直遙反 上時掌反

行下孟反下注皆同

毛詩 卷二

雄雉于飛泄泄其羽 興也雄雉見雌雉飛而鼓其翼泄泄然 箋云興者喻宣公整其衣服而起奮訊其形貌志在婦人而已不恤國之政事 我之懷矣自貽伊阻 詒伊維阻難也 箋云懷安也伊當作緊緊猶是也君之行如是我安其朝而不去今從軍旅久役不得歸此自遺以是患難 ○雄雉于飛下上其音 箋云下上其音興宣公小大其聲怡悅婦人 展矣君子實勞我心 展誠也 箋云誠矣君子愬於君子也君之行如是實使我心勞矣君若不然則我無軍役之事 ○瞻彼日月悠悠我思 瞻視也 箋云視日月之行迭往迭來今君子獨久行役而不來使我心悠悠然思之女怨之辭 道之云遠曷云能來 箋云曷何也何時能來望之也 ○百爾君子不知德行 箋云爾女也女衆君子我不知人之德行何如者可謂爲德行事君或有所留女怨故問此焉 不忮不求

何用不臧。忮，害。臧，善也。箋云：我君子之行，不疾害，不求備於一人，其行何用爲不善，而君獨遠使之在外，不得來歸，亦女怨之辭。忮，之豉反。

雄雉四章，章四句。

匏有苦葉，刺衛宣公也。公與夫人並爲淫亂。夫人，謂夷姜。

匏有苦葉，濟有深涉。興也。匏謂之瓠，瓠葉苦不可食也。濟，渡也。由膝以上爲涉。箋云：瓠葉苦而渡處深，謂八月之時，陰陽交會，始可以爲昏禮，納采問名。深則厲，淺則揭。以衣涉水爲厲，謂由帶以上也。揭，褰衣也。遭時制宜，如遇水深則厲，淺則揭矣。男女之際，安可以無禮義，無禮義將無以自濟也。箋云：既以深淺記時，因以水深淺喻男女之才性賢與不肖，及長幼也。各順其人之宜爲之求妃耦。○有瀰濟盈，有鷕雉鳴。瀰，深水也。盈，滿也。深水人之所難也。鷕，雌

下無禮義三字明本脫

揭善例反　長張丈反　爲之于僞反　求妃音配　本亦作配

瀰彌爾反鷕以水反沈推皎反雛乃旦反行下孟反

牡茂后反輈竹留反

昕許巾反迎魚敬反

迨音殆泮普半反

明本二月下脫中字

招照遥反卬五郎反本或作仰音同號戶羔反

毛詩 卷二

雉聲也衛夫人有淫泆之志授人以色假人以辭不顧禮義之難至使宣公有淫昏之行箋云有瀰濟盈謂過於厲喩犯禮渡也

濟盈不濡軌雉鳴求其牡

濡漬也由輈以上爲軌違禮義不由其道猶雉鳴而求其牡矣飛曰雌雄走曰牝牡箋云渡深水者必濡其軌言不濡者喩夫人犯禮而不自知雉鳴反求其牡喩夫人所求非所求

○雝雝鳴鴈旭日始旦

雝雝鴈聲和也納采用鴈旭日始出謂大昕之時箋云鴈者隨陽而處似婦人從夫故昏禮用鴈焉自納采至請期用昕親迎用昏

士如歸妻迨氷未泮

迨及泮散也箋云歸妻使之來歸於己謂請期也氷未散正月中以前也二月中可以昏也

○招招舟子人涉卬否

招招號召之貌舟子舟人主濟渡者卬我也箋云舟人之子號召當濟渡者猶媒人之會男女無夫家者使之爲妃匹人皆從之而渡我獨否

人涉卬否卬須我友

人皆涉我友未至我獨待之而不涉

葑孚容反芴音勿菁音精葍音福本又作蕾音富

以言室家之道非得所適貞女不行非得禮義昏姻不成

匏有苦葉四章章四句

谷風刺夫婦失道也衛人化其上淫於新昏而棄其舊室夫婦離絶國俗傷敗焉新昏者新所與爲昏禮者

習習谷風以陰以雨興也習習和舒貌東風謂之谷風陰陽和而谷風至夫婦和而室家成室家成而繼嗣生黽勉同心不宜有怒言黽勉者思與君子同心也箋云所以黽勉者以爲見譴怒者非夫婦之宜采葑采菲無以下體葑須也菲芴也下體根莖也箋云此二菜者蔓菁與葍之類也皆上下可食然而其根有美時有惡時采之者不可以根惡時幷棄其葉喻夫婦以禮義合以顏色相親亦不可以顏色衰棄其相與之禮德音莫違及

明本箋云下脫違猶二字

畿音祈、

荼音徒、薺音齊禮反、

清

下湜定本作其

湜音殖、沚音止、

爾同死。箋云莫無及與也夫婦之言無相違者則可與女長相與處至死顏色斯須之有 ○

行道遲遲中心有違。遲遲舒行貌違離也箋云違猶徘徊也行於道路之人至將離別尚舒行其心徘徊然喻君子於己不能如也

不遠伊邇薄送我畿。畿門內也箋云邇近也言君子與己訣別不能遠維近耳送我裁於門內無恩之甚

誰謂荼苦其甘如薺。荼苦菜也箋云荼誠苦矣而君子於己之苦毒又甚於荼比方之荼則甘如薺

宴爾新昬如兄如弟。宴安也

○涇以渭濁湜湜其沚。涇渭相入而清濁異箋云小渚曰沚涇水以有渭故見渭濁湜湜持正貌喻君子得新昬故謂己惡也己之持正守初如沚然不動搖此絶去所經見因取以自喻焉

宴爾新昬不我屑以。屑潔也箋云以用也言君子不復潔用我當室家

毋逝我梁毋發我笱。逝之也梁魚梁笱所以捕魚也箋云

泳音詠泭音孚易夷豉反下同

匍音蒲匐蒲北反

慉許六反樂音洛惡烏路反下皆同

賈音古售市救反難乃旦反覬音冀

毋者喻禁新昏也女毋之我家取我爲室家之道我躬不閲遑恤我後閲容也箋云躬身遑暇恤憂也我身尚不能自容何暇憂我後所生子孫也○就其深矣方之舟之舟船也箋云方泭也潛行爲泳言深淺者喻君子之家事無難易吾皆爲之就其淺矣泳之游之何有何亡黽勉求之有謂富也亡謂貧也箋云君子何所有乎何所亡乎吾其黽勉勤力爲求之有求多亡求有凡民有喪匍匐救之箋云匍匐言盡力也凡於民有凶禍之事鄰里尚盡力往救之況我於君子家之事難易乎固當黽勉以疏喻親也○不我能慉反以我爲讎慉養也箋云慉驕也君子不能以恩驕樂我反憎惡我既阻我德賈用不售阻難也箋云既難却我隱蔽我之善我脩婦道而事之覬其察己猶見疏外如賣物之不售昔育恐育鞫及爾顛覆育長鞫窮

鞫本亦作鞠，長張丈反，下皆同。辟音避。
螫失石反　惡烏路反
洸音光　肄以世反　遺唯季反

也。箋云：昔育，育，稚也。及，與也。昔幼稚之時，恐至長既老窮匱，故與女顛覆盡力於衆事，難易無所辟。

生既育，比予于毒。箋云：生謂財業也，育謂長老也。于，於也。既有財業矣，又既長老矣，其視我如視毒螫，言惡己甚也。

○我有旨蓄，亦以御冬。箋云：旨，美。御，禦也。蓄聚美菜者，以禦冬月乏無時也。

宴爾新昏，以我御窮。箋云：君子亦但以我御窮苦之時，至於富貴則棄我，如旨蓄。

有洸有潰，既詒我肄。洸洸，武也。潰潰，怒也。肄，勞也。箋云：詒，遺也。君子洸洸然，潰潰然，無溫潤之色，而盡遺我以勞苦之事，欲窮困我。

不念昔者，伊余來墍。墍，息也。箋云：伊，維也。君子忘舊，不念往昔年稚我始來之時安息我。墍許器反

谷風六章，章八句。

式微，黎侯寓于衛，其臣勸以歸也。寓，寄也。黎侯爲狄人所逐，棄其國而

寄于衛，衛處之以二邑，因安之，可以歸而不歸，故其臣勸之。

式微式微，胡不歸。式，用也。箋云：式微式微者，微乎微者也。君何不歸乎，禁君留止於此之辭。式，發聲也。微君之故，胡爲乎中露。微，無也。中露，衛邑也。箋云：我若無君，何爲處此乎。臣又極諫之辭。

○式微式微，胡不歸。微君之躬，胡爲乎泥中。泥中，衛邑也。

式微二章，章四句。

旄丘，責衛伯也。狄人迫逐黎侯，黎侯寓于衛，衛不能脩方伯連率之職，黎之臣子以責於衛也。衛，康叔之封，爵稱侯，今曰伯者，時爲州伯也。周之制，使伯佐牧。春秋傳曰：五侯九伯。謂侯爲牧者也。旄音毛。

延以戰反

来

行下孟反

旄丘之葛兮何誕之節兮 興也前高後下曰旄丘諸侯以國相連屬憂患相及如葛之蔓延相連及也誕闊也箋云土氣緩則葛生闊節興者喻此時衛伯不恤其職故其臣於君事亦疏廢也 叔兮伯兮何多日也 日月已逝而不我憂箋云叔伯字也呼衛之諸臣叔與伯與與女期迎我君而復之可來而不來女日數何其多也先叔後伯臣之命不以齒 ○何其處也必有與也 言與仁義也箋云我君何以久處於此乎必以衛有仁義之道故也責衛今不行仁義 何其久也必有以也 必以有功德箋云我君何以久留於此乎必以衛有功德故也又責衛今不務功德也 ○狐裘蒙戎匪車不東 大夫狐蒼裘蒙戎以言亂也不來東言不來東也箋云刺衛諸臣形貌蒙戎然俱爲昏亂之行女非有戎車乎何不來東迎我君而復之黎在衛西今所寓在衛東 叔兮伯兮靡所與同 無救患恤同也箋云

瓆依字作璅、少詩照反、長張丈反、樂音洛

無下一本有所字

舞一本作羽 爲于僞反

衛之諸臣行如是不與諸伯之臣同言其非之特甚○瑣兮尾兮流離之子瑣尾少好之貌流離鳥名也少好長醜始而愉樂終以微弱箋云衛之諸臣初有小善終無成功似流離也叔兮伯兮褎如充耳褎盛服也充耳盛飾也大夫褎然有尊盛之服而不能稱德也箋云充耳塞耳也言衛之諸臣顔色褎然如見塞耳無聞知也人之耳聾恒多笑而已褎本作褏 稱尺證反

旄丘四章章四句

簡兮刺不用賢也衛之賢者仕於伶官皆可以承事王者也伶官樂官也伶氏世掌樂官而善焉故後世多號樂官爲伶官

簡兮簡兮方將萬舞簡大也方四方也將行也以干羽爲萬舞用之宗廟山川故言於四方箋云簡擇將且也擇兮擇兮者爲且祭祀當萬舞也萬舞干舞也日之方中在前

舍音釋下篇舍載同采音菜
俁疑矩反
轡悲位反組音祖任音壬
籥餘若反翟亭歷反
容明本作受
榛側巾反苓音零

毛詩 卷二

上處[傳]教國子弟以日中爲期[箋]云在前上處者在前列上頭也周禮大胥掌學士之版以待致諸子春入學舍采合舞 碩人俁俁公庭萬舞[傳]碩人大德也俁俁容貌大也萬舞非但在四方親在宗廟公庭 ○有力如虎執轡如組[傳]組織組也武力比於虎可以御亂御衆有文章言能治衆動於近成於遠也[箋]云碩人有御亂御衆之德可任爲王臣 左手執籥 右手秉翟[傳]籥六孔翟翟羽也[箋]云碩人多才多藝又能籥舞言文武道備 赫如渥赭 公言錫爵[傳]赫赤貌渥厚漬也祭有畀煇胞翟閽寺者惠下之道見惠不過一散[箋]云碩人容色赫然如厚傳丹君徒賜其一爵而已不知其賢而進用之散容五升 ○山有榛隰有苓[傳]榛木名下濕曰隰苓大苦[箋]云榛也苓也生各得其所以言碩人處非其位 云誰之思西方美人[箋]云我誰思乎思周室之賢者以其宜薦碩人與在王位 彼美人兮西方

毖悲位反韓詩作祕

思一本作思 孌力轉反下篇同

之人兮乃宜在王室箋云彼美人謂碩人也

簡兮三章章六句

泉水衛女思歸也嫁於諸侯父母終思歸寧而不得故作是詩以自見也以自見者見己志也國君夫人父母在則歸寧沒則使大夫寧於兄弟衛女之思歸雖非禮思之至也見賢遍反

毖彼泉水亦流于淇興也泉水始出毖然流也淇水名也箋云泉水流入淇猶婦人出嫁於異國有懷于衛靡日不思箋云懷至靡無也以言我有所至念於衛我無一日不思也所至念者謂諸姬諸姑伯姊孌彼諸姬聊與之謀孌好貌諸姬同姓之女聊願也箋云聊且略之辭諸姬者未嫁之女我且欲略與之謀婦人之禮觀其志意親親之恩也○

泲子禮反餞才箭反禰乃禮反軷蒲末反

明本經下脫見字

遠于萬反

舝胡瞎反還音旋此字例同更不重出

遄市專反

出宿于泲飲餞于禰泲地名祖而舍軷飲酒於其側曰餞重始有事於道也禰地名女子有行遠父母兄弟箋云泲禰者所嫁國適衛之道所經見故思宿餞箋云行道也婦人有出嫁之道遠於親親故禮緣人情使得歸寧問我諸姑遂及伯姊父之姊妹稱姑女先生曰姊箋云寧則又問姑及姊親其類也先姑後姊尊姑也○出宿于干飲餞于言干言所適國郊也箋云干言猶泲禰未聞遠近同異載脂載舝還車言邁脂舝其車以還我則行也箋云言還車者嫁時乘來今思乘以歸遄臻于衛不瑕有害遄疾臻至瑕遠也箋云瑕猶過也害何也我還車疾至於衛而返於行無過差有何不可而止我○我思肥泉茲之永歎所出同所歸異爲肥泉箋云茲此也自衛而來所渡水故思此而長歎思須與漕我心悠悠須漕衛邑也箋云自衛而來所

也

窶其矩反

經邑故又思之駕言出遊以寫我憂寫除也箋云既不得歸寧且欲乘車出遊以除我憂

泉水四章章六句

北門刺仕不得志也言衛之忠臣不得其志爾不得其志者君不知己志而遇困苦

出自北門憂心殷殷興也北門背明鄉陰箋云自從也興者喻己仕於闇君猶行而出北門心爲之憂殷殷然終窶且貧莫知我艱窶者無禮也貧者困於財箋云艱難也君於己祿薄終不足以爲禮又近困於財無知己以此爲難者言君既然矣諸臣亦如之已焉哉天實爲之謂之何哉箋云謂勤也詩人事君無二志故自決歸之於天言我勤

埤避支反

更音庚

遺唯季反

毛詩卷二

身以事君何哉忠之至〇王事適我政事一埤益我適之埤厚也箋云國有王命役使之事則不以之彼必來之我有賦稅之事則減彼一而以益我言君政偏己兼其苦我入自外室人交徧讁我讁責也箋云我從外而入在室之人更迭徧來責我使己厺也言室人亦不知己志已焉哉天實爲之謂之何哉〇王事敦我政事一埤遺我敦厚遺加也箋云敦猶投擲也我入自外室人交遍摧我摧沮也箋云摧者刺譏之言已焉哉天實爲之謂之何哉

北門三章章七句

北風刺虐也衛國並爲威虐百姓不親莫不相攜持而去焉攜穴圭反

雱普康反

好呼報反　行音衡

喈音皆　霏芳非反

別彼竭反

北風其涼雨雪其雱興也北風寒涼之風雱盛貌箋云寒涼之風病害萬物興者喻君政教酷暴使民散亂惠而好我攜手同行惠愛行道也箋云性仁愛而又好我者與我相攜持同道而去疾時政也其虛其邪既亟只且虛虛徐也亟急也箋云邪讀如徐言今在位之人其故威儀虛徐寬仁者今皆已為急刻之行矣所以當去以此也○北風其喈雨雪其霏喈疾貌霏甚貌惠而好我攜手同歸歸有德也其虛其邪既亟只且○莫赤匪狐莫黑匪烏狐赤烏黑莫能別也箋云赤則狐也黑則烏也猶今君臣相承為惡如一惠而好我攜手同車攜手就車其虛其邪既亟只且

北風三章章六句

姝音朱　說音悅

搔蘇刀反　踟直知反　躕直誅反

彤徒冬反　著知略反

靜女刺時也衛君無道夫人無德以君及夫人無道德故陳靜女遺我以彤管之法德如是可以易之爲人君之配

遺唯季反

靜女其姝俟我於城隅靜貞靜也女德貞靜而有法度乃可說也姝美色也俟待也城隅以言高而不可踰箋云女德貞靜然後可畜美色然後可安又能服從待禮而動自防如城隅故可愛也

愛而不見搔首踟躕言志往而行止箋云志往謂踟躕行止謂愛之而不往見

○靜女其孌貽我彤管既有靜德又有美色又能遺我以古人之法可以配人君也古者后夫人必有女史彤管之法女史不記過其罪殺之后妃群妾以禮御於君所女史書其日月授之以環以進退之生子月辰則以金環退之當御者以銀環進之著于左手既御著于右手事無大小記以成法箋云彤管筆赤管也

彤管有煒說懌女美煒赤貌彤管以赤心正人

煒于鬼反說本又作悅

荑徒兮反洵本亦作詢音荀共音恭

泚音此瀰莫爾反行下孟反

也箋云說懌當作說釋赤管煒煒然女史以之說釋妃妾之德美之○自牧歸荑洵美且異牧田官也荑茅之始生也本之於荑取其有始有終箋云洵信也茅絜白之物也自牧田歸荑其信美而異者可以供祭祀猶貞女在窈窕之處媒氏達之可以配人君匪女之為美美人之貽非為其徒說美色而已美其人能遺我以法則箋云遺我者遺我以賢妃也為于偽反

靜女三章章四句

新臺刺衛宣公也納伋之妻作新臺于河上而要之國人惡之而作是詩也伋宣公之世子

新臺有泚河水瀰瀰泚鮮明貌瀰瀰盛貌水所以絜汙穢反於河上而為淫昏之行燕婉之求籧篨不鮮燕安婉順也籧篨不能俯者箋云鮮善也伋之妻齊女來嫁於

燕於典反　籧音渠　篨音除

洒七罪反　浼每罪反

殄毛徒典反　鄭改作腆吐典反

衛其心本求燕婉之人謂伋也反得籧篨不善謂宣公也籧篨口柔常觀人顔色而爲之辭故不能俯也

○新臺有洒河水浼浼洒高峻也浼浼平地也燕婉之求籧篨不殄殄絶也箋云殄當作腆腆善也○魚網之設鴻則離之言所得非所求也箋云設魚網者宜得魚鴻則鳥也反離焉猶齊女以禮來求世子而反得宣公燕婉之求得此戚施戚施不能仰者箋云戚施面柔下人以色故不能仰也下遐嫁反

新臺三章章四句

二子乘舟思伋壽也衛宣公之二子爭相爲死國人傷而思之而作是詩也爲于僞反

二子乘舟汎汎其景二子伋壽也宣公爲伋取於齊女而美公奪之生壽及朔朔與

今力征反

其母愬伋於公公令伋之齊使賊先待於隘而殺之壽知之以告伋使厺之伋曰君命也不可以逃壽竊其節而先徃賊殺之後伋至曰君命殺我壽有何罪賊又殺之國人傷其涉危遂徃如乘舟而無所薄汎汎然迅疾而不礙也願言思子中心養養願每也養養然憂不知所定箋云願念也念我思此二子心爲之憂養養然○二子乘舟汎汎其逝逝徃也願言思子不瑕有害言二子之不遠害箋云瑕猶過也我念思此二子之事於行無過差有何不可而不厺也

二子乘舟二章章四句

邶國十九篇七十一章三百六十三句

毛詩卷第二

毛詩 卷二

共音恭下同

髧徒坎反髦音毛、鞘直遙反纚色蟹反緌汝誰反

它音他

毛詩卷第三

鄘栢舟詁訓傳第四

毛詩國風　鄭氏箋

栢舟共姜自誓也衛世子共伯蚤死其妻守義父母欲奪而嫁之誓而弗許故作是詩以絕之共伯僖侯之世子也

汎彼栢舟在彼中河興也中河河中也箋云舟在河中猶婦人之在夫家是其常處髧彼兩髦實維我儀髧兩髦之貌也髦者髮至眉子事父母之飾也儀匹也箋云兩髦之人謂共伯也實是我之匹故我不嫁也禮世子昧爽而朝亦櫛縰笄總拂髦冠緌纓也之死矢靡他矢誓也靡無也之至也至已之死信無他心也母也天只不諒人只

只音紙

行下孟反

冓古候反

毛詩卷三

諒信也母也天也尚不信我也天謂父也○汎彼柏舟在彼河側髧彼兩

髦實維我特特匹也之死矢靡慝慝邪也母也天只不諒人只

柏舟二章章七句

牆有茨衛人刺其上也公子頑通乎君母國人疾之

而不可道也宣公卒惠公幼其庶兄頑烝於惠公之母生子五人齊子戴公文公宋桓夫人

許穆夫人茨徐資反

牆有茨不可埽也興也牆所以防非常茨蒺藜也欲埽之反傷牆也箋云國君以禮

防制一國者今其宮內有為淫昏之行者猶牆之生蒺藜中冓之言不可道也中冓

內冓也箋云內冓之言謂宮中所冓成頑與夫人淫昏之語所可道也言之醜也

偕音皆

於君醜也○牆有茨不可襄也襄除也中冓之言不可詳也詳審也所可詳也言之長也長惡長也○牆有茨不可束也束而去之中冓之言不可讀也讀抽也抽猶出也箋云所可讀也言之辱也辱辱君也

牆有茨三章章六句

君子偕老刺衛夫人也夫人淫亂失事君子之道故陳人君之德服飾之盛宜與君子偕老也夫人宣公夫人惠公之母也人君小君也或者小字誤作人耳

君子偕老副笄六珈能與君子偕老乃宜居尊位服盛服也副者后夫人之首飾編

珈音加、副彼列反、
佗待河反、行下孟反、象以豉反、
褕音遙
行下孟反
玼音此
鬒真忍反
瑱吐殿反、揥勑帝反、
且七也反、徐子胥反、下同、

髮爲之笄衡笄也珈笄飾之最盛者所以別尊卑箋云珈之言加也副既笄而加飾如今步搖上飾古之制所有未聞

委委佗佗如山如河。委委者行可委曲蹤迹也佗佗者德平易也山無不容河無不潤

象服是宜。象服尊者所以爲飾箋云象服者謂褕翟闕翟也人君之象服則舜云予欲觀古人之象日月星辰之屬

子之不淑云如之何有子若是何謂不善乎箋云子乃服飾如是而爲不善之行於禮當如之何深疾之○

玼兮玼兮其之翟也玼鮮盛貌褕翟闕翟羽飾衣也箋云侯伯夫人之服自褕翟而下如王后焉

鬒髮如雲不屑髢也鬒黑髮也如雲言美長也屑絜也箋云髢髲也不絜者不用髲爲善

玉之瑱也象之揥也。瑱塞耳也揥所以摘髮也

揚且之皙也。揚眉上廣皙白皙

胡然而天也胡然而帝也尊之如天審諦如帝箋云胡何也帝五帝也何由然女見

瑳七我反 縐側救反 絺勑之反 紲息列反 袢符袁反 縠户木反 衣於既反 見賢遍反 襢陟戰反 媛韋作援

而上一本有此字

尊敬如天帝乎非由衣服之盛顏色之莊與反爲淫昏之行

○瑳兮瑳兮其之展也蒙彼縐絺是紲袢也禮有展衣者以丹縠爲衣蒙覆也絺之靡者爲縐是當暑袢延之服也箋云后妃六服之次展衣宜白縐絺絺之蹙蹙者展衣夏則裏衣縐絺此以禮見於君及賓客之盛服也展衣字誤禮記作襢衣子之清揚且之顏也清視清明也揚廣揚而顏角豐滿展如之人兮邦之媛也展誠也美女爲媛箋云媛者邦人所依倚以爲媛助也疾宜姜有此盛服而以淫昏亂國故云然

君子偕老三章一章七句一章九句一章八句

桑中刺奔也衛之公室淫亂男女相奔至于世族在位相竊妻妾期於幽遠政散民流而不可止衛之公室淫亂

沬音妹惡烏路反

行下孟反長丁丈反

要於遥反

謂宣惠之世男女相奔不得媒氏以禮會之也世族在位謂取姜氏弋氏庸氏者也竊盜也幽遠謂桑中之野

爰采唐矣沬之鄉矣爰於也唐蒙菜名沬衛邑箋云於何采唐必沬之鄉猶言欲爲淫亂者必之衛之都惡衛爲淫亂之主云誰之思美孟姜矣姜姓也言世族在位有是惡行箋云淫亂之人誰思乎乃思美孟姜孟姜列國之長女而思與淫亂疾世族在位有是惡行也期我乎桑中要我乎上宮送我乎淇之上矣桑中上宮所期之地淇水名也箋云此思孟姜之愛厚已也與我期於桑中而要見我於上宮送我則於淇水之上○爰采麥矣沬之北矣云誰之思美孟弋矣弋姓也期我乎桑中要我乎上宮送我乎淇之上矣○爰采葑矣

沬之東矣箋云葑蔓菁云誰之思美孟庸矣庸姓也期我乎

桑中要我乎上宮送我乎淇之上矣

桑中三章章七句

鶉之奔奔刺衛宣姜也衛人以爲宣姜鶉鵲之不若

也刺宣姜者刺其與公子頑爲淫亂行不如禽鳥鶉音純行下孟反

鶉之奔奔鵲之彊彊鶉則奔奔鵲則彊彊然箋云奔奔彊彊言其居有常匹飛則相隨之貌刺宣姜與頑非匹耦人之無良我以爲兄良善也兄謂君之兄箋云人之行無一善者我君反以爲兄君謂惠公○鵲之彊彊鶉之奔奔人之無良我以爲君君國小君箋云小君謂宣姜

鶉之奔奔二章章四句。

定之方中美衛文公也。衛爲狄所滅。東徙渡河。野處漕邑。齊桓公攘戎狄而封之。文公徙居楚丘。始建城市。而營宮室。得其時制。百姓說之。國家殷富焉。春秋閔公二年冬。狄人入衛。衛懿公及狄人戰于熒澤而敗。宋桓公迎衛之遺民渡河。立戴公以廬於漕。戴公立一年而卒。魯僖公二年。齊桓公城楚丘而封衛。於是文公立而建國焉。說音悅

定之方中。作于楚宮。定營室也。方中昏正四方。楚宮楚丘之宮也。仲梁子曰。初立楚宮也。箋云。楚宮謂宗廟也。定星昏中而正。於是可以營制宮室。故謂之營室。定星昏中而正。謂小雪時。其體與東壁連。正四方。揆之以日。作于楚宮。揆度也。度日出日入。以知東西。南視定北

椅於宜反長丁丈反

明本作丘字

虛本或作墟

使所吏反

準極以正南北室猶宮也箋云楚室居室也君子將營宮室宗廟爲先廐庫爲次居室爲後**樹之榛栗椅桐梓漆爰伐琴瑟**椅梓屬箋云爰曰也樹此六木於宮者曰以其長大可伐以爲琴瑟言備豫也○**升彼虛矣以望楚丘矣望楚與堂景山與京**虛漕虛也楚丘有堂邑者景山大山京高丘也箋云自河以東夾於濟水文公將徙登漕之虛以望楚丘觀其旁邑及其丘山審其高下所依倚乃後建國焉慎之至也**降觀于桑**地勢宜蠶可以居民**卜云其吉終然允臧**龜曰卜允信臧善也建國必卜之故建邦能命龜田能施命作器能銘使能造命升高能賦師旅能誓山川能說喪紀能誄祭祀能語君子能此九者可謂有德音可以爲大夫○**靈雨既零命彼倌人星言夙駕說于桑田**零落也倌人主駕者箋云靈善也星雨止星見夙早也文公於雨下命主駕者雨止爲我晨早

倌音官說毛始銳反見賢遍反爲于偽反

駕欲往為辭說於桑田敎民稼穡務農急也

匪直也人非徒庸君秉心塞淵秉操也箋云塞充實也淵深也

騋牝三千馬七尺以上曰騋騋馬與牝馬也箋云國馬之制天子十有二閑馬六種三千四百五十六匹邦國六閑馬四種千二百九十六匹衛之先君兼邶鄘而有之而馬數過禮制今文公滅而復興徙而能富馬有三千雖非禮制國人美之上時掌反種章勇反

定之方中三章章七句

蝃蝀止奔也衛文公能以道化其民淫奔之恥國人不齒也不齒者不與相長稚蝃蝀上丁計反下都動反長丁丈反

蝃蝀在東莫之敢指又蝃蝀虹也夫婦過禮則虹氣盛君子見戒而懼諱之莫之敢指箋云虹天氣之戒尚無敢指者況淫奔之女誰敢視之

女子有行遠父母兄弟

惡烏路反下皆同

隮子細反

氣下一本有見字

箋云行道也婦人生而有適人之道何憂於不嫁而為淫奔之過乎惡之甚〇朝隮于西崇朝其雨隮升崇終也從旦至食時為終朝箋云朝有升氣於西方終其朝則雨氣應自然以言婦人生而有適人之道亦性自然女子有行遠兄弟父母〇乃如之人也懷昏姻也乃如是淫奔之人也箋云懷思也乃如是之人思昏姻之事乎言其淫奔之過惡之大大無信也不知命也不待命也箋云淫奔之女大無貞潔之信又不知昏姻當待父母之命惡之也大音泰注同

蝃蝀三章章四句

相鼠刺無禮也衛文公能正其羣臣而刺在位承先君之化無禮義也相息亮反篇内同

毛詩　卷三　鄘風　十六

相鼠有皮人而無儀相視也無禮儀者雖居尊位猶爲闇昧之行箋云儀威儀也視鼠有皮雖處高顯之處偷食苟得不知廉恥亦與人無威儀者同行下孟反人而無儀不死何爲箋云人以有威儀爲貴今反無之傷化敗俗不如其死無所害也○相鼠有齒人而無止止所止息也箋云止容止孝經曰容止可觀無止則雖居尊無禮節也人而無止不死何俟俟待也○相鼠有體體支體也人而無禮人而無禮胡不遄死遄速也遄市專反

相鼠三章章四句

干旄美好善也衛文公臣子多好善賢者樂告以善道也賢者時處士也旄音毛好呼報反篇內音

紕鄭毗移反縿所銜反

旟音餘隼荀尹反長張丈反

馬下一本有而達一字

孑孑干旄在浚之郊孑孑干旄之皃注旄於干首大夫之旃也浚衛邑古者臣有大功世其官邑郊外曰野箋云周禮孤卿建旜大夫建物首皆注旄焉時有建此旄來至浚之郊卿大夫好善者也素絲紕之良馬四之紕所以織組也總紕於此成文於彼願以素絲紕組之法御四馬也箋云素絲者以爲縷以縫紕旌旗之旒縿或以維持之浚郊之賢者既識卿大夫建旄而來又識其乘善馬四之者見之數也彼姝者子何以畀之姝順皃畀予也箋云時賢者既說此卿大夫有忠順之德又欲以善道與之心誠愛厚之至悅說音〇孑孑干旟在浚之都鳥隼曰旟下邑曰都箋云周禮州里建旟謂州長之屬素絲組之良馬五之總以素絲而成組也驂馬五轡箋云以素絲縷縫組於旌旗以爲之飾五之者亦謂五見之也彼姝者子何以予之〇孑孑干旌在浚之城析羽爲旌城都城也

素絲祝之良馬六之祝織也四馬六轡箋云祝當作屬屬著也六之者亦謂六見之也

彼姝者子何以告之

干旄三章章六句

載馳許穆夫人作也閔其宗國顛覆自傷不能救也衛懿公爲狄人所滅國人分散露於漕邑許穆夫人閔衛之亾傷許之小力不能救思歸唁其兄又義不得故賦是詩也滅者懿公死也君死於位曰滅露於漕邑者謂戴公也懿公死國人分散宋桓公迎衛之遺民渡河處之於漕邑而立戴公爲戴公與許穆夫人俱公子頑烝於宣姜所生也男子先生曰兄唁音彥

驅協韻音丘

難乃旦反

載馳載驅，歸唁衛侯。載，辭也。弔失國曰唁。箋云：載之言則也。衛侯，戴公也。驅馬悠悠，言至于漕。悠悠，遠貌。漕，衛東邑。箋云：夫人願御者驅馬悠悠乎，我欲疾至于漕。大夫跋涉，我心則憂。草行曰跋，水行曰涉。箋云：跋涉者，衛大夫來告難於許時。○既不我嘉，不能旋反。不能旋反我思也。箋云：既，盡。嘉，善也。言許人盡不善我欲歸唁兄。視爾不臧，我思不遠。不能遠衛也。箋云：爾，女。女，許人也。臧，善也。視女不施善道救衛。○既不我嘉，不能旋濟。濟，止也。視爾不臧，我思不閟。閟，閉也。

閟方　蝱反

○陟彼阿丘，言采其蝱。偏高曰阿丘。蝱，貝母也。升至偏高之丘，采其蝱者，將以療疾。箋云：升丘采貝母，猶婦人之適異國，欲得力助安宗國也。女子善懷，亦各有行。行，道也。箋云：善猶多也。懷，思也。女子之多思者有道，猶升丘采其蝱也。許人尤之，衆

芃薄紅反長張丈反

穉且狂。尤過也是乃衆幼穉且狂進取一槩之義箋云許人許大夫也過之者過夫人之欲歸唁其兄○我行其野芃芃其麥願行衛之野麥芃芃然方盛長箋云麥芃芃者言未收刈民將困也控于大邦誰因誰極控引極至也箋云今衛侯之欲求援引之力助於大國之諸侯亦誰因乎由誰至乎閔之故欲歸問之控苦貢反大夫君子。無我有尤箋云君子國中賢者無我有尤無過我也百爾所思不如我所之不如我所思之篤厚也箋云爾女女衆大夫君子也

載馳五章一章六句二章章四句一章章六句一章八句

鄘國十篇三十章百七十六句

衛淇奧詁訓傳第五

猗於宜反隈烏迴反

疏本大下有貌字

僩遐板反

毛詩國風　鄭氏箋

淇奧美武公之德也有文章又能聽其規諫以禮自防故能入相于周美而作是詩也奧於六反相息亮反

瞻彼淇奧綠竹猗猗興也奧隈也綠王芻也竹篇竹也猗猗美盛貌武公質美德盛有康叔之餘烈有匪君子如切如磋如琢如磨匪文章貌治骨曰切象曰嗟玉曰琢石曰磨道其學而成也聽其規諫以自脩如玉石之見琢磨也瑟兮僩兮赫兮咺兮瑟矜莊貌僩寬大也赫有明德赫赫然咺威儀容止宣著也有匪君子終不可諼兮諼忘也諼況遠反○瞻彼淇奧綠竹青青青青茂盛貌有匪君子充耳琇瑩會弁如星充耳謂之瑱琇瑩美石也天子玉瑱諸侯以石弁皮弁所

琇音秀、皪音歷、朝直遥反、

猗於綺反、重直恭反、註同、較古岳反

以會髮、箋云、會謂弁之縫中、飾之以玉、皪皪而處狀似星也、天子之朝服皮弁、以日視朝、瑟兮僩
兮、赫兮咺兮、有匪君子、終不可諼兮。○瞻彼淇奧、綠
竹如簀。簀積也、簀音責、有匪君子、如金如錫、如圭如璧。金錫練而精、圭
璧性有質、箋云、圭璧亦琢磨者、四者亦道其學而成也、寬兮綽兮、猗重較兮。寬能
容衆、綽緩也、重較卿士之車、箋云、綽兮謂仁於施舍、善戲謔兮、不為虐兮。寬緩弘大
雖則戲謔、不為虐矣、箋云、君子之德有張有弛、故不常矜莊而時戲謔、謔香略反、弛式氏反

淇奧三章、章九句。

考槃、刺莊公也、不能繼先公之業、使賢者退而窮處、

窮猶終也、

過古禾反 復扶又反

考槃在澗，碩人之寬。考成，槃樂也。山夾水曰澗。箋云碩大也。有窮處成樂在於此澗者，形貌大人而寬然有虛乏之色。樂音洛

獨寐寤言，永矢弗諼。箋云寤覺，永長，矢誓，諼忘也。在澗獨寐覺而獨言，長自誓以不忘君之惡，志在窮處，故云然。

○考槃在阿，碩人之薖。曲陵曰阿。薖寬大貌。箋云薖飢意。薖苦禾反

獨寐寤歌，永矢弗過。箋云弗過者，不復入君之朝也。

○考槃在陸，碩人之軸。軸進也。箋云軸病也。

獨寐寤宿，永矢弗告。無所告語也。箋云不復告君以善道。

考槃三章，章四句。

碩人，閔莊姜也。莊公惑於嬖妾，使驕上僭。莊姜賢而不答，終以無子，故國人閔而憂之。上時掌反

毛詩 卷三 衛風 三十

頎其機反 衣錦於既反 注夫人翟衣今衣錦同 褧苦迥反 襜苦占反 禪音丹 爲于僞反 大音泰 下大子同

蝤似修反 蠐音齊 蝎音曷或音葛 瓠戶故反 瓣補遍反 螓音秦

敖五刀反 說本或作税毛始鋭反 襚音遂

碩人其頎衣錦褧衣。頎長貌錦文衣也夫人德盛而尊嫁則錦衣加褧襜箋云頎大也言莊姜儀表長麗後好頎頎然褧禪衣也國君夫人翟衣而嫁今衣錦者在塗之所服也尚之以禪衣爲其文之太著 齊侯之子衛侯之妻東宮之妹邢侯之姨譚公維私。東宮齊太子也女子後生曰妹妻之姊妹曰姨姊妹之夫曰私箋云陳此者言莊姜容貌既美兄弟皆正大 ○手如柔荑。如荑之新生 膚如凝脂。如脂之凝 領如蝤蠐。領頸也蝤蠐蝎蟲也 齒如瓠犀。瓠犀瓠瓣 螓首蛾眉。螓首顙廣而方箋云螓謂蜻蜻也 巧笑倩兮。倩好口輔 美目盼兮。盼白黑分箋云此章說莊姜容貌之美所宜親幸 ○碩人敖敖說于農郊。敖敖長貌農郊近郊箋云敖敖猶頎頎也說當作襚禮春秋之襚讀皆宜同衣服曰襚今俗語然此言莊姜始來更正衣服于衛近郊 四牡

幩孚云反鑣表驕反茀音弗朝直遥反註皆同適丁歷反

有驕。朱幩鑣鑣。翟茀以朝。驕、壯貌。幩、飾也。人君以朱纏鑣扇汗、且以爲飾。鑣鑣、盛貌。翟、翟車也。夫人以翟羽飾車。茀、蔽也。箋云此又言莊姜自近郊既正衣服乘是車馬以入君之朝、皆用嫡夫人之正禮。今而不荅。大夫夙退。無使君勞。大夫未退君聽朝於路寢、夫人聽內事於正寢。大夫退然後罷。箋云莊姜始來時、衛諸大夫朝夕者皆早退、無使君之勞倦者、以君夫人新爲妃耦、宜親親之故也。○河水洋洋。北流活活。施罛濊濊。鱣鮪發發。葭菼揭揭。庶姜孽孽。庶士有朅。洋洋、盛大也。活活、流也。罛、魚罟。濊濊、施之水中。鱣、鯉也。鮪、鮥也。發發、盛貌。葭、蘆。菼、薍也。揭揭、長也。孽孽、盛飾。庶士、齊大夫送女者。朅、武壯貌。箋云庶姜謂姪娣。此章言齊地廣饒、士女佼好、禮儀之備、而君何爲不荅夫人。

罛音孤濊呼活反鱣陟連反鮪于軌反發補末反葭音加菼他覽反揭欺列反鮥音洛薍五患反

碩人四章章七句。

氓莫耕反復扶又反喪息浪反妃音配風福鳳反下同

蚩尺之反貿莫豆反

氓刺時也宣公之時禮義消亡淫風大行男女無別遂相奔誘華落色衰復相棄背或乃困而自悔喪其妃耦故序其事以風焉美反正刺淫泆也

氓之蚩蚩抱布貿絲氓民也蚩蚩敦厚之貌布幣也箋云幣者所以貿買物也季春始蠶孟夏賣絲匪來貿絲來即我謀箋云匪非即就也此民非來買絲但來就我欲與我謀為室家也送子涉淇至于頓丘丘一成為頓丘箋云子者男子之通稱言民誘己己乃送之涉淇水至此頓丘定室家之謀且為會期匪我愆期子無良媒愆過也箋云良善也非我以欲過子之期子無善媒來告期時將子無怒秋以為期將願也箋云將請也民欲為近期故請之曰請子無怒秋以與子為期○乘彼垝垣以

垝俱毁反、垣音袁、鄉許亮反、

望復關。垝毁也、復關君子所近也、箋云、前既與民以秋爲期、期至、故登毁垣、鄉其所近而望之、猶有廉耻之心、故因復關以託號民云、此時始秋也、不見復關。泣涕漣漣。言其有一心乎君子、故能自悔、箋云、用心專者怨必深、既見復關。載笑載言。箋云、則笑則言、喜之甚、爾卜爾筮。體無咎言。龜曰卜、蓍曰筮、體兆卦之體、箋云、爾女也、復關既見此婦人、告之曰、我卜女、筮女、宜爲室家矣、兆卦之繇、無凶咎之辭、言其皆吉、又誘定之、以爾車來。以我賄遷。賄財、遷徙也、箋云、女女復關也、信其卜筮皆吉、故答之曰、徑以女車來迎我、我以所有財徙就女也、○桑之未落。其葉沃若。于嗟鳩兮。無食桑葚。于嗟女兮。無與士耽。桑女功之所起、沃若猶沃沃然、鳩鶻鳩也、食桑葚過則醉而傷其性、耽樂也、女與士耽則傷禮義、箋云、桑之未落、謂其時仲秋也、於是時國之賢者刺此婦人見

甚音甚、鶻音骨、樂音洛、

行下孟反

車也閒一本有飾字

湯音傷、漸子廉反、註同、隋唐果反、冒音墨、難乃旦反、

行下孟反

誘故于嗟而戒之鳩以非時食甚猶女子嫁不以禮耽非禮之樂士之耽兮猶可說也女之耽兮不可說也箋云說解也士有百行可以功過相除至於婦人無外事維以貞信爲節○桑之落矣其黃而隕自我徂爾三歲食貧淇水湯湯漸車帷裳隕隋也湯湯水盛貌帷裳婦人之車也箋云桑之落矣謂其時季秋也復關以此時車來迎己徂往也我自是往之女家乏穀食己三歲貧矣言此者明己之悔不以女今貧故也帷裳童容也我乃渡淇水至漸車童容猶冒此難而往又明己專心於女女也不爽士貳其行爽差也箋云我心一於女故無差貳而復關之行有二意士也罔極二三其德極中也○三歲爲婦靡室勞矣箋云靡無也無居室之勞言不以婦事見困苦有舅姑曰婦夙興夜寐靡有朝矣箋云無有朝者常早起夜

浸 千鴆反

咥 許意反又音熙又之結反

泮 音判 坡本亦作陂 北皮反

宴

宴本或作丱者非

臥非一朝然言已亦不解惰 言既遂矣至于暴矣 〇箋云言我也遂猶久也我既久矣謂三歲之後見遇浸薄乃至見酷暴 兄弟不知咥其笑矣 咥咥然笑箋云兄弟在家不知我之見酷暴若其知之則咥咥然笑我 靜言思之躬自悼矣 悼傷也箋云靜安躬身也我安思君子之遇己無終則身自哀傷 〇及爾偕老老使我怨 箋云及與也我欲與女俱至於老老乎女反薄我使我怨也 淇則有岸隰則有泮 泮坡也箋云泮讀爲畔畔涯也言淇與隰皆有涯岸以自拱持今君子放恣心意曾無所拘制 總角之晏言笑晏晏信誓旦旦 總角結髮也晏晏和柔也信誓旦旦然箋云我爲童女未笄結髮晏然之時女與我言笑晏晏然而和柔我其以信相誓旦旦耳言其懇惻款誠 不思其反 箋云反復也今老而使我怨曾不念復其前言 反是不思亦已焉哉 箋云

籊他歷反殺色界反

已爲哉謂此不可柰何死生自決之辭

氓六章章十句

竹竿衛女思歸也適異國而不見荅思而能以禮者也

籊籊竹竿以釣于淇興也籊籊長而殺也釣以得魚如婦人待禮以成爲室家豈不爾思遠莫致之箋云我豈不思與君子爲室家乎君子疏遠已已無由致此道○泉源在左淇水在右泉源小水之源淇水大水也箋云小水有流入大水之道猶婦人有嫁於君子之禮今水相與爲左右而已亦以喻已不見荅女子有行遠兄弟父母箋云行道也女子有道當嫁耳不以不荅而違婦禮○淇水在右泉源在左

瑳七可反 儺乃且反 惡烏路反
滺音由 檜古會反 櫂直教反

巧笑之瑳佩玉之儺瑳巧笑皃儺行有節度箋云已雖不見荅猶不惡君子美其容貌與禮儀也○淇水滺滺檜楫松舟滺滺流皃檜柏葉松身楫所以櫂舟也舟楫相配得水而行男女相配得禮而備箋云此傷己今不得夫婦之禮駕言出遊以寫我憂出遊思鄉衛之道箋云適異國而不見荅其除此憂維有歸耳鄉許亮反

竹竿四章章四句

芄蘭刺惠公也驕而無禮大夫刺之惠公以幼童即位自謂有才能而驕慢於大臣但習威儀不知為政以禮芄音丸

芄蘭之支興也芄蘭草名也君子之德當柔潤溫良箋云芄蘭柔弱恒蔓延於地有所依緣則起興者喻幼穉之君任用大臣乃能成其政童子佩觿觿所以解結成人之佩也人君治成

觿許規反

悸其季反　稱尺證反

韘夫涉反　玦本文作決音同　彄苦侯反

人之事雖童子猶佩觿早成其德雖則佩觿能不我知不自謂無知以驕慢人也箋云此幼穉之君雖佩觿與其才能實不如我衆臣之所知爲也惠公自謂有才能而驕慢所以見刺容兮遂兮垂帶悸兮容儀可觀佩玉遂遂然垂其紳帶悸悸然有節度箋云容容刀也遂瑞也言惠公佩容刀與瑞及垂紳帶三尺則悸悸然行止有節度然其德不稱○芄蘭之葉○箋云葉猶支也童子佩韘○韘玦也能射御則佩韘箋云雖韘之言沓所以彄沓手指則佩韘能不我甲甲狎也箋云此君雖佩韘與其才能實不如我衆臣之所狎習容兮遂兮垂帶悸兮

芄蘭二章章六句

河廣宋襄公母歸于衛思而不止故作是詩也宋桓公夫

人衛文公之妹生襄公而出襄公即位夫人思宋義不可往故作是詩以自止

誰謂河廣一葦杭之杭渡也箋云誰謂河水廣與一葦加之則可以渡之喻狹也今我之不渡直自不往耳非爲其廣誰謂宋遠跂予望之箋云予我也誰謂宋國遠與我跂足則可以望見之亦喻近也今我之不往直以義不往耳非爲其遠

誰謂河廣曾不容刀箋云不容刀亦喻狹小船曰刀誰謂宋遠曾不崇朝箋云崇終也行不終朝亦喻近

河廣二章章四句

伯兮刺時也言君子行役爲王前驅過時而不反焉衛宣公之時蔡人衛人陳人從王伐鄭伯也爲王前驅久故家人思之爲于僞反

朅丘列反

殳市朱反。莤在由反。

杲古老反。復扶又反。

憂思息嗣反

焉於虔反。諼本又萱。今力呈反。

伯兮朅兮，邦之桀兮。伯，州伯也。朅，武貌。桀，特立也。箋云：伯，君子字也。桀，英桀，言賢也。伯也執殳，為王前驅。殳長丈二而無刃。箋云：兵車六等，軫也，戈也，人也，殳也，車戟也，酋矛也，皆以四尺為差。自伯之東，首如飛蓬。婦人夫不在，無容飾。豈無膏沐？誰適為容！適，主也。適，都歷反，註同。其雨其雨，杲杲出日。杲杲然日復出矣。箋云：人言其雨其雨，而杲杲然日復出，猶我言伯且來伯且來，則復不來。願言思伯，甘心首疾。甘，厭也。箋云：願，念也。我念思伯，心不能已，如人心嗜欲所貪，日不能絕也。我憂思以生首疾。焉得諼草，言樹之背。諼草令人忘憂。背，北堂也。箋云：憂以生疾，將危身，欲忘之。願言思伯，使我心痗。痗，病也。痗音每。

伯兮四章，章四句。

喪一本作者

有狐刺時也衛之男女失時喪其妃耦焉古者國有凶荒則殺禮而多昏會男女之無夫家者所以育人民也 育生也長也

有狐綏綏在彼淇梁 興也綏綏匹行貌石絕水曰梁 心之憂矣之子無裳 之子無室家者在下曰裳所以配衣也箋云之子是子也時婦人喪其配耦寡而憂是子無裳無爲作裳者欲與爲家室 ○有狐綏綏在彼淇厲 厲深可厲之旁 心之憂矣之子無帶 帶所以申束衣 ○有狐綏綏在彼淇側 心之憂矣之子無服 言無室家若人無衣服

有狐三章章四句

琚音居楙音茂

爲好呼報反篇内同

木瓜美齊桓公也衛國有狄人之敗出處于漕齊桓公救而封之遺之車馬器服焉衛人思之欲厚報之而作是詩也瓜古花反遺唯季反

投我以木瓜報之以瓊琚木瓜楙木也可食之木瓊玉之美者琚佩玉名匪報也永以爲好也箋云匪非也我非敢以瓊琚爲報木瓜之惠欲令齊長以爲玩好結己國之以爲恩也○投我以木桃報之以瓊瑤瓊瑤美玉匪報也永以爲好也○投我以木李報之以瓊玖瓊玖玉名匪報也永以爲好也孔子曰吾於木瓜見苞苴之禮行見孔叢子箋云以果實相遺者必苞苴之尚書曰厥苞橘柚苴子餘反柚餘救反

木瓜三章，章四句。

衛國十篇，三十四章，二百三句。

毛詩卷第三

毛詩鄭箋

二

毛詩卷第四

王黍離詁訓傳第六

毛詩國風　鄭氏箋

黍離閔宗周也周大夫行役至于宗周過故宗廟宮室盡爲禾黍閔周室之顛覆彷徨不忍去而作是詩也○宗周鎬京也謂之西周周王城也謂之東周幽王之亂而宗周滅平王東遷政遂微弱下列於諸侯其詩不能復雅而同於國風焉過古禾反覆芳服反鎬故老反復扶又反

彼黍離離彼稷之苗○彼彼宗廟宮室箋云宗廟宮室毀壞而其地盡爲禾黍我以黍離離時至稷則尚苗行邁靡靡中心搖搖○邁行也靡靡猶遲遲也搖搖憂無所愬

穗音遂 更音庚

箋云行道也道行猶行道也知我者謂我心憂箋云知我者知我之情不知

我者謂我何求箋云謂我何求怪我久留不去悠悠蒼天此何人哉

悠悠遠意蒼天以體言之尊而君之則稱皇天元氣廣大則稱昊天仁覆閔下則稱旻天自上降監則稱

上天據遠視之蒼蒼然則稱蒼天箋云遠乎蒼天仰愬欲其察己言也此亡國之君何等人哉疾之甚

○彼黍離離彼稷之穗穗秀也詩人自黍離離見稷之穗故歷道其所更見行

邁靡靡中心如醉醉於憂也知我者謂我心憂不知我者

謂我何求悠悠蒼天此何人哉○彼黍離離彼稷之

實自黍離離見稷之實行邁靡靡中心如噎噎憂不能息也知我者謂

我心憂不知我者謂我何求悠悠蒼天此何人哉

曷音寒末反

時塒音同畜許又反

佸戶括反

黍離三章章十句

君子于役刺平王也君子行役無期度大夫思其危難以風焉（難乃旦反 風福鳳反）

君子于役不知其期曷其至哉（箋云曷何也君子于往行役我不知其反期何時當來至哉思之甚）雞棲于塒日之夕矣羊牛下來（鑿牆而棲曰塒）（箋云雞之將棲日則夕矣羊牛從下牧地而來言畜產出入尚使有期節至於行役者乃反不來也）君子于役如之何勿思（箋云行役多危難我誠思之）○君子于役不日不月曷其有佸（佸會也箋云行役反無日月何時而有來會期）雞棲于桀日之夕矣羊牛下括（雞棲于杙為桀括至也 杙羊職反）君子于役苟無飢

毛詩　卷四　王風　三

陶音遙，翿徒刀反，敖五刀反，纛徒報反，燕本又作宴。

渴。箋云：苟，且也。且得無飢渴，憂其飢渴也。

君子于役二章，章八句。

君子陽陽，閔周也。君子遭亂，相招為祿仕，全身遠害而已。祿仕者，苟得祿而已，不求道行。

君子陽陽，左執簧，右招我由房。陽陽，無所用其心也。簧，笙也。由，用也。國君有房中之樂。箋云：由，從也。君子祿仕在樂官，左手持笙，右手招我，欲使我從之於房中，俱在樂官也。我者，君子之友自謂也，時在位有官職也。其樂只且。箋云：君子遭亂，道不行，其自樂此而已。樂音洛，且子徐反。

君子陶陶，左執翿，右招我由敖。陶陶，和樂貌。翿，纛也，翳也。箋云：陶陶猶陽陽也。翳，舞者所持，謂羽舞也。君子左手持羽，右手招我，欲使我從之於燕舞之位，亦俱在樂官也。其

毛徒門反、戍東遇反、令力呈反、彊音翔、

其音記、詩内皆放此、或作已

樂只且。

君子陽陽二章章四句

揚之水刺平王也不撫其民而遠屯戍于母家周人怨思焉○怨平王思澤不行於下民而久令屯戍不得歸思其鄉里之處者言周人者時諸侯亦有使人戍焉平王母家申國在陳鄭之南迫近彊楚王室微弱而數見侵伐王是以戍之

揚之水不流束薪○興也揚激揚也箋云激揚之水至湍迅而不能流移束薪興者喻平王政教煩急而恩澤之令不行于下民○彼其之子不與我戍申○戍守也申姜姓之國平王之舅箋云之子是子也彼其是子獨處鄉里不與我來守申是思之言也其或作記或作已讀聲相似懷哉懷哉曷月予還歸哉○箋云懷安也思鄉里處者故曰今亦安不哉安

暵音漢、鵻音隹、菸於據反、

毛詩 卷四 三

不哉何月我得歸還見之哉思之甚○揚之水不流束楚。楚木也 彼其之子。不與我戍甫。甫諸姜也 懷哉懷哉曷月予還歸哉○揚之水不流束蒲。蒲艸名也箋云蒲蒲柳 彼其之子。不與我戍許。許諸姜也 懷哉懷哉曷月予還歸哉。

揚之水三章章六句。

中谷有蓷閔周也夫婦日以衰薄凶年饑饉室家相棄爾。蓷吐雷反

中谷有蓷暵其乾矣。興也蓷鵻也暵菸貌陸艸生於谷中傷於水箋云興者喻人居平安之世猶鵻之生於陸自然也遇衰亂凶年猶鵻之生谷中得水則病將死 有女仳離嘅

仳符鄙反

脩如字，本或作蓨

歗籀文嘯字，本又作嘯

復扶又反

其嘆矣。仳，別也。箋云：有女遇凶年而見棄，與其君子別離，嘅然而歎，傷己見棄，恩薄。嘅其嘆矣，遇人之艱難矣。艱亦難也。箋云：所以嘅然而嘆者，自傷遇君子之窮阸。○

中谷有蓷，暵其脩矣。脩，且乾也。有女仳離，條其歗矣。條條然歗也。條其歗矣，遇人之不淑矣。箋云：淑，善也。君子於己不善也。○中谷有蓷，暵其濕矣。鵻遇水則濕。箋云：鵻之傷於水，始則濕，中而脩，久而乾。有似君子於己之恩薄，從用凶年，深淺為薄厚。有女仳離，啜其泣矣。啜，泣貌。啜，陟劣反。啜其泣矣，何嗟及矣。箋云：及，與也。泣者，傷其君子棄己，嗟乎，將復何與為室家乎。此其有餘厚於君子也。

中谷有蓷三章，章六句。

兔爰，閔周也。桓王失信，諸侯背叛，構怨連禍，王師傷

羅本又作離力知反吪本亦作訛五戈反長張丈反音代賀反罦音浮覆芳服反車赤奢反罿昌鍾反罬張劣反

罦本無罦字

敗君子不樂其生焉。不樂其生者寐不欲覺之謂也樂音洛

有兔爰爰雉離于羅。興也爰爰緩意鳥網爲羅言爲政有緩有急用心之不均箋云有緩者有所聽縱也有急者有所躁蹙也我生之初尚無爲。尚無成人爲也箋云尚庶幾也言我幼稚之時庶幾於無所爲謂無軍役之事也我生之後逢此百罹尚寐無吪。罹憂吪動也箋云我長大之後乃遇此軍役之多憂今但庶幾於寐不欲見動無所樂生之甚也○有兔爰爰雉離于罦。罦覆車也我生之初尚無造。造爲也我生之後逢此百憂尚寐無覺○有兔爰爰雉離于罿。罿罬也我生之初尚無庸。庸用也箋云庸勞也我生之後逢此百凶尚寐無聰。聰聞也箋云百凶者王構怨連禍之凶

滸呼五反長張丈反施始豉反

涘音俟

兔爰三章章七句

葛藟王族刺平王也周室道衰棄其九族焉九族者據己上至高祖下及玄孫之親藟力軌反

緜緜葛藟在河之滸興也緜緜長不絶之貌水厓曰滸箋云葛也藟也生於河之厓得其潤澤以長大而不絶興者喻王之同姓得王之恩施以生長其子孫

終遠兄弟謂他人父兄弟之道已相遠矣箋云兄弟猶言族親也王寡於恩施今已遠棄族親矣是我謂他人爲己父父族人尚親親之辭

謂他人父亦莫我顧箋云謂他人爲己父無恩施於我亦無顧眷我之意

○緜緜葛藟在河之涘涘厓也

終遠兄弟謂他人母王又無母恩

謂他人母亦莫我有箋云有識有也

○緜緜葛藟在

湑須壽反蒲魚檢反

毛詩 卷四

河之漘。漘水隒也。終遠兄弟。謂他人昆。昆兄也。謂他人昆。亦莫我聞。箋云不與我相聞命也

葛藟三章章六句。

采葛懼讒也。桓王之時政事不明臣無大小使出者則爲讒人所毀故懼之使所吏反下善

彼采葛兮。一日不見如三月兮。興也葛所以爲絺綌事雖小一日不見於君憂懼於讒矣箋云興者以采葛喻臣以小事使出

彼采蕭兮。一日不見如三秋兮。蕭所以共祭祀箋云彼采蕭者喻臣以大事使出共音恭

彼采艾兮。一日不見如三歲兮。艾所以療疾箋云彼采艾者喻臣以急事使出

采葛三章章三句

檻胡覽反毳尺銳反菼吐敢反鵻本亦作萑音佳

啍他敦反璊音門赬勑貞反

大車刺周大夫也禮義陵遲男女淫奔故陳古以刺今大夫不能聽男女之訟焉

大車檻檻毳衣如菼　大車大夫之車檻檻車行聲也毳衣大夫之服菼鵻也蘆之初生者也天子大夫四命其出封五命如子男之服乘其大車檻檻然服毳冕以決訟箋云菼薍也古者天子大夫服毳冕以巡行邦國而決男女之訟則是子男入為大夫者毳衣之屬衣繢而裳繡皆有五色焉其青者如鵻　豈不爾思畏子不敢　畏子大夫之政終不敢箋云此二句者古之欲淫奔者之辭我豈不思與女以無禮與畏子大夫來聽訟將罪我故不敢也子者稱所尊敬之辭

○大車啍啍毳衣如璊　啍啍重遲之貌璊赬也　豈不爾思畏子不奔

○穀則異室死則同穴謂予不信有如皦日　穀生皦白也生

皦古了反 壙古晃反 別彼列反

墝苦交反 埆苦角反 將鄭七良反下同 伺音司

在於室則外内異死則神合同爲一也箋云穴謂冢壙中也此章言古之大夫聽訟之政非但不敢淫奔乃使夫婦之禮有別今之大夫不能然反謂我言不信我言之信如白日也刺其闇於古禮

大車三章章四句

丘中有麻思賢也莊王不明賢人放逐國人思之而作是詩也思之者思其來己得見之

丘中有麻彼留子嗟留大夫氏子嗟字也丘中墝埆之處盡有麻麥草木乃彼子嗟之所治箋云子嗟放逐於朝去治卑賤之職而有功所在則治理所以爲賢彼留子嗟將其來施施施施難進之意箋云施施舒行伺間獨來見己之貌○丘中有麥彼留子國子國子嗟父箋云言子國使丘中有麥著其世賢彼留子國將其來

復扶又反

食。子國復來我乃得食【箋云】言其將來食庶其親己己得厚待之○丘中有李彼留之子。【箋云】丘中而有李又留氏之子所治。彼留之子貽我佩玖。玖石次玉者言能遺我美寶【箋云】留氏之子於思者則朋友之子庶其敬己而遺己也遺唯季反

丘中有麻三章章四句

王國十篇二十八章百六十二句

鄭緇衣詁訓傳第七

毛詩國風　鄭氏箋

緇衣美武公也。父子並為周司徒善於其職國人宜之故美其德以明有國善善之功焉。父謂武公父桓公也司徒之職

周禮大司徒職曰因民常而施十有二教焉

朝直遙反下同

飧蘇尊反飲於鴆反食音嗣

掌十二教善善者治之有功也鄭國之人皆謂桓公武公居司徒之官正得其宜

緇衣之宜兮敝予又改爲兮緇黑色卿士聽朝之正服也改更也有德君子宜世居卿士之位焉箋云緇衣者居私朝之服也天子之朝服皮弁也適子之館兮還予授子之粲兮適之館舍粲餐也諸侯入爲天子卿士受采祿箋云卿士所之之館在天子之宮如今之諸廬也自館還在采地之都我則設餐以授之愛之欲飲食之○緇衣之好兮敝予又改造兮好猶宜也箋云造爲也蓆音適子之館兮還予授子之粲兮○緇衣之蓆兮敝予又改作兮蓆大也箋云作爲也適子之館兮還予授子之粲兮

緇衣三章章四句

諫上一本有驟字

將仲子刺莊公也不勝其母以害其弟弟叔失道而公弗制祭仲諫而公弗聽小不忍以致大亂焉莊公之母謂武姜生莊公及弟叔段段好勇而無禮公不早爲之所而使驕慢

將仲子兮無踰我里無折我樹杞將請也仲子祭仲也踰越里居也二十五家爲里杞木名也折言傷害也箋云祭仲驟諫莊公不能用其言故言請固距之無踰我里喻言無干我親戚也無折我樹杞喻言無傷害我兄弟也仲初諫曰君將與之臣請事之君若不與臣請除之豈敢愛之畏我父母箋云段將爲害我豈敢愛之而不誅與以父母之故故不爲也仲可懷也父母之言亦可畏也箋云懷私曰懷言仲子之言可私懷也我迫於父母有言不得從也○將仲子兮無踰我牆無折我樹桑牆垣

也桑木之衆者也豈敢愛之畏我諸兄諸兄公族仲可懷也諸兄

之言亦可畏也○將仲子兮無踰我園無折我樹檀

園所以樹木也檀彊韌之木豈敢愛之畏人之多言仲可懷也人

之多言亦可畏也

將仲子三章章八句

叔于田刺莊公也叔處于京繕甲治兵以出于田國

人說而歸之繕之言善也甲鎧也

叔于田巷無居人叔大叔段也田取禽也巷里塗也箋云叔往田國人注心于叔似如

無人處豈無居人不如叔也洵美且仁箋云洵信也言叔信美好而又

仁○叔于狩巷無飲酒冬獵曰狩箋云飲酒謂燕飲也豈無飲酒不如叔也洵美且好○叔適野巷無服馬箋云適之也郊外曰野服馬猶乘馬也豈無服馬不如叔也洵美且武箋云武有武節

叔于田三章章五句

大叔于田刺莊公也叔多才而好勇不義而得衆也

大叔于田乘乘馬叔之從公田也執轡如組兩驂如舞驂之與服和諧中節箋云如組者如織組之爲也在旁曰驂叔在藪火烈具舉藪澤禽之府也烈列具俱也箋云列人持火俱舉言衆同心襢裼暴虎獻于公所襢裼肉袒也暴虎空手以搏之箋云獻于公所進於君也將叔無狃戒其傷女狃習也箋云狃復也

請叔無復者愛也

○叔于田。乘乘黃。四馬皆黃。兩服上襄。兩驂雁行。箋云：兩服，中央夾轅者。襄，駕也。上駕者，言為衆馬之最良也。鴈行者，言與中服相次序。叔在藪。火烈具揚。揚，揚光也。叔善射忌。又良御忌。忌，辭也。箋云：良亦善也。忌讀如彼已之子之已。抑磬控忌。抑縱送忌。騁馬曰磬，止馬曰控，發矢曰縱，從禽曰送。

○叔于田。乘乘鴇。驪白雜毛曰鴇。兩服齊首。馬首齊也。兩驂如手。進止如御者之手。箋云：如人左右手之相佐助也。叔在藪。火烈具阜。阜，盛也。叔馬慢忌。叔發罕忌。慢，遲。罕，希也。箋云：田事且畢，則其馬行遲，發矢希。抑釋掤忌。抑鬯弓忌。掤，所以覆矢。鬯弓，弢弓。箋云：射者蓋矢弢弓，田事畢。

大叔于田三章，章十句。

清人，刺文公也。高克好利，而不顧其君，文公惡而欲遠之不能，使高克將兵而禦狄于竟，陳其師旅，翱翔河上，久而不召，衆散而歸，高克奔陳。公子素惡高克進之不以禮，文公退之不以道，危國亡師之本，故作是詩也。好利不顧其君，注心於利也。禦狄于竟，時狄侵衛。

清人在彭，駟介旁旁。清，鄭邑也。彭，衛之河上地，鄭之郊也。介，甲也。箋云：清者，高克所帥衆之邑也。駟介，四馬也。二矛重英，河上乎翱翔。重英，矛有英飾也。箋云：二矛，酋矛、夷矛也。各有畫飾。○清人在消，駟介麃麃。消，河上地也。麃麃，武貌。二矛重喬，河上乎逍遙。重喬，累荷也。箋云：喬，矛矜近上及室題，所以縣毛羽。○清人在軸。駟介陶陶。軸河上地也陶陶驅馳之貌左旋右抽。中軍作好。

左旋講兵右抽抽矢以射居軍中爲容好箋云左左人謂御者右車右也中軍謂將也高克之爲將久不得歸日使其御者習旋車車右抽刃自居中央爲軍之容好而已兵車之法將居鼓下故御者在左

清人三章章四句。

羔裘刺朝也。言古之君子以風其朝焉。言猶道也鄭自莊公而賢者陵遲朝無忠正之臣故刺之

羔裘如濡。洵直且侯。如濡潤澤也洵均侯君也箋云緇衣羔裘諸侯之朝服也言古朝廷之臣皆忠直且君也君者言正其衣冠尊其瞻視儼然人望而畏之彼其之子。舍命不渝。渝變也箋云舍猶處也之子是子也是子處命不變謂守死善道見危授命之等

○羔

遵上一本有故字

裘豹飾孔武有力。〔豹飾緣以豹皮也孔甚也〕彼其之子邦之司直。〔司主也〕

○羔裘晏兮三英粲兮。〔晏鮮盛貌三英三德也箋云三德剛克柔克正直也粲衆意〕彼其之子邦之彥兮。〔彥士之美稱〕

羔裘三章章四句。

遵大路思君子也。莊公失道君子去之國人思望焉。

遵大路兮摻執子之袪兮。〔遵循路道摻擥袪袂也箋云思望君子於大道中見之則欲擥持其袂而留之〕無我惡兮不寁故也。〔寁速也箋云子無惡我擥持子之袂我乃以莊公不速於先君之道使我然〕

○遵大路兮摻執子之手兮。〔箋云言執手者思望之甚〕無我魗兮不寁好也。〔魗棄也箋云魗亦惡也好猶善也子無惡〕

我我乃以莊公不速於善道使我然

遵大路二章章四句

女曰雞鳴刺不說德也陳古義以刺今不說德而好色也德謂士大夫賓客有德者

女曰雞鳴士曰昧旦箋云此夫婦相警覺以夙興言不留色也子興視夜明星有爛言小星已不見也箋云明星尚爛爛然早於別色時將翺將翔弋鳧與鴈間於政事則翺翔習射箋云弋繳射也言無事則徃弋鳬鴈以待賓客為燕具○弋言加之與子宜之宜肴也箋云言我也子謂賓客也所弋之鳬鴈我以為加豆之實與君子共肴也宜言飲酒與子偕老箋云宜乎我燕樂賓客而飲酒與之俱至老親愛之

言也琴瑟在御莫不靜好君子無故不徹琴瑟賓主和樂無不安好○知子之來之雜佩以贈之雜佩者珩璜琚瑀衝牙之類箋云贈送也我若知子之必來我則豫儲雜佩去則以送子也與異國賓客燕時雖無此物猶言之以致其厚意其若有之固將行之士大夫以君命出使主國之臣必以燕禮樂之助君之歡知子之順之雜佩以問之問遺也箋云順謂與己和順知子之好之雜佩以報之箋云好謂與己同好

女曰雞鳴三章章六句

有女同車刺忽也鄭人刺忽之不昏于齊太子忽嘗有功于齊齊侯請妻之齊女賢而不取卒以無大國之助至於見逐故國人刺之忽鄭莊公世子祭仲逐之而立突

有女同車顏如舜華。親迎同車也舜木槿也箋云鄭人刺忽不取齊女親迎與之同車故稱同車之禮齊女之美將翺將翔佩玉瓊琚。佩有琚玖所以納間彼美孟姜洵美且都。孟姜齊之長女都閑也箋云洵信也言孟姜信美好又閑習婦禮○

有女同行顏如舜英。行行道也英猶華也箋云女始乘車壻御輪三周御者代壻將翺將翔佩玉將將。將將鳴玉而後行彼美孟姜德音不忘。箋云不忘者後世傳其道德

有女同車二章章六句。

山有扶蘇刺忽也所美非美然。言忽所美之人實非善人

山有扶蘇隰有荷華。興也扶蘇扶胥小木也荷華扶渠也其華菡萏言高下大小各

得其宜也箋云興者扶胥之木生于山喻忽置不正之人于上位也荷華生于隰喻忽置有美德者于下位此言其用臣顛倒失其所也

不見子都乃見狂且。子都世之美好者也狂狂人也且辭也箋云人之好美色不往觀子都乃反往觀狂醜之人以興忽好善不任用賢者反任用小人其意同

○山有喬松隰有游龍。松木也龍紅艸也箋云游猶放縱也喬松在山上喻忽無恩澤於大臣也紅草放縱枝葉於隰中喻忽聽恣小臣此又言其養臣顛倒失其所也

不見子充乃見狡童。子充良人也狡童昭公也箋云人之好忠良之人不往觀子充乃反往觀狡童狡童有貌而無實

山有扶蘇二章章四句。

蘀兮刺忽也君弱臣強。不倡而和也。不倡而和君臣各失其禮不相

倡和

蘀兮蘀兮，風其吹女。興也。蘀，槁也。人臣待君唱而後和。箋云：槁謂木葉也。木葉槁，待風乃落。興者，風喻號令也，喻君有政教，臣乃行之。言此者，刺今不然。叔兮伯兮，倡予和女。叔伯，言羣臣長幼也。君倡臣和也。箋云：叔伯，羣臣相謂也。羣臣無其君而行，自以强弱相服。女倡矣，我則將和之。言此者，刺其自專也。叔伯，兄弟之稱。○蘀兮蘀兮，風其漂女。漂猶吹也。叔兮伯兮，倡予要女。要，成也。

蘀兮二章，章四句。

狡童，刺忽也。不能與賢人圖事，權臣擅命也。權臣擅命，祭仲專也。

一本作憂懼不能息也

彼狡童兮。不與我言兮。昭公有壯狡之志。箋云不與我言者賢者欲與忽圖國之政事而忽不能受之故云然。維子之故。使我不能餐兮。憂懼不遑餐也。○彼狡童兮。不與我食兮。不與賢人共食祿。維子之故。使我不能息兮。憂不能息也。

狡童二章章四句。

褰裳思見正也。狂童恣行。國人思大國之正己也。狂童恣行謂突與忽爭國更出更入而無大國正之。子惠思我。褰裳涉溱。惠愛也。溱水名也。箋云子者斥大國之正卿子若愛而思我我國有突篡國之事而可征而正之我則揭衣渡溱水往告難也。子不我思。豈無他人。

箋云言他人者先鄉齊晉宋衛後之荊楚狂童之狂也且。狂行童昏所化也箋云狂童之人日爲狂行故使我言此也○子惠思我。褰裳涉洧。洧水名也子不我思。豈無他士。士事也箋云他士猶他人也大國之卿當天子之上士狂童之狂也且。

褰裳二章章五句。

丰。刺亂也。昏姻之道缺。陽倡而陰不和。男行而女不隨。昏姻之道謂嫁取之禮

子之丰兮。俟我乎巷兮。丰豐滿也巷門外也箋云子謂親迎者我我將嫁者有親迎我者面貌丰丰然豐滿善人也出門而待我於巷中悔予不送兮。時有違而不至者箋

云悔乎我不送是子而去也時不送則爲異人之色後不得耦而更思之〇子之昌兮俟我乎堂兮〇昌盛壯貌箋云堂當爲棖棖門梱上木近邊者悔予不將兮〇將行也箋云將亦送也〇衣錦褧衣裳錦褧裳〇衣錦褧裳嫁者之服箋云褧襌也蓋以襌縠爲之中衣裳用錦而上加襌縠焉爲其文之大著也庶人之妻嫁服也士妻紂衣纁袡叔兮伯兮〇駕予與行〇叔伯迎己者箋云言此者以前之悔今則叔也伯也來迎己者從之志又易也〇裳錦褧裳衣錦褧衣叔兮伯兮駕予與歸〇

丰四章二章章三句二章章四句〇

東門之墠刺亂也男女有不待禮而相奔者也〇

東門之墠茹藘在阪〇東門城東門也墠除地町町者茹藘茅蒐也男女之際近而易

則如東門之墠遠而難則如茹藘在阪箋云城東門之外有墠墠邊有阪茅蒐生焉茅蒐之爲難淺矣易越而出此女欲奔男之辭

其室則邇其人甚遠

邇近也得禮則近不得禮則遠箋云其室則近謂所欲奔男之家望其來迎己而不來則爲遠○

東門之栗有踐家室○

栗行上栗也踐淺也箋云栗而在淺家室之內言易竊取栗人所啗食而甘耆故女以自喻也

豈不爾思子不我即○

即就也箋云我豈不思望女乎女不就迎我而俱去耳

東門之墠二章章四句○

風雨思君子也亂世則思君子不改其度焉○

風雨凄凄雞鳴喈喈○

興也風且雨凄凄然雞猶守時而鳴喈喈然箋云興者喻君子雖居亂世不變改其節度

既見君子云胡不夷○

胡何夷說也箋云思而見之云何而

心不說○風雨瀟瀟雞鳴膠膠。瀟瀟暴疾也膠膠猶喈喈也。既見君子云胡不瘳。瘳愈也○風雨如晦雞鳴不已。晦昏也箋云已止也雞不爲如晦而止不以鳴 既見君子云胡不喜。喜樂也

風雨三章章四句

子衿刺學校廢也世亂則學校不脩焉。鄭國謂學爲校言可以校正道藝

青青子衿悠悠我心。青衿青領也學子之所服箋云學子而俱在學校之中己留彼去故隨而思之耳禮父母在衣純以青 縱我不往子寧不嗣音。嗣習也古者教以詩樂誦之歌之絃之舞之箋云嗣續也女曾不傳聲問我以恩責其忘己○青青子佩。

悠悠我思佩佩玉也士佩瓀珉而青組綬縱我不往子寧不來不來者言不一來也○挑兮達兮在城闕兮挑達往來相見貌乘城而見闕箋云國亂人廢學業但好登高見於城闕以候望爲樂一日不見如三月兮言禮樂不可一日而廢箋云君子之學以文會友以友輔仁獨學而無友則孤陋而寡聞故思之甚

子衿三章章四句

揚之水閔無臣也君子閔忽之無忠臣良士終以死亡而作是詩也

揚之水不流束楚揚激揚也激揚之水可謂不能流漂束楚乎箋云激揚之水喻忽政教亂促不流束楚言其政不行於臣下終鮮兄弟維予與女箋云鮮寡也忽兄弟

爭國親戚相變後竟寡於兄弟之恩獨我與女有耳作此詩者同姓臣也無信人之言人實迋女也迋誑○揚之水不流束薪終鮮兄弟維予二人二人同心也箋云二人者我身與女忽無信人之言人實不信

揚之水二章章六句

出其東門閔亂也公子五爭兵革不息男女相棄民人思保其室家焉公子五爭者謂子突再也忽子亹子儀各一也

出其東門有女如雲如雲衆多也箋云有女謂諸見棄者也如雲者如雲從風東西南北心無有定雖則如雲匪我思存思不存乎相救急箋云匪非也此如雲者皆非我思所存也縞衣綦巾聊樂我員縞衣白色男服也綦巾蒼艾色女服也願室家

得相樂也〔箋云〕縞衣綦巾，己所爲作者之妻服也。時亦棄之，迫兵革之難，不能相畜，心不忍絶，故言且畱樂我員。此思保其室家，窮困不得有其妻，而以衣巾言之，思不忍斥之。綦，綦文也。○出其闉闍，有女如荼。闉，曲城也。闍，城臺也。荼，英荼也。言皆喪服也。〔箋云〕闍讀當如彼都人士之都，謂國外曲城之中，市里也。荼，茅莠，物之輕者，飛行無常。雖則如荼，匪我思且。〔箋云〕匪我思且，猶非我思存也。縞衣茹藘，聊可與娛。茹藘，茅蒐之染女服也。娛，樂也。〔箋云〕茅蒐染巾也。聊可與娛，且可畱與我爲樂，心欲畱之言也。

出其東門二章，章六句。

野有蔓艸，思遇時也。君子之澤不下流，民窮於兵革，男女失時，思不期而會焉。不期而會，謂不相與期而自俱會。

明本無春水二字

野有蔓艸、零露漙兮。興也。野、四郊之外。蔓、延也。漙、漙然盛多也。箋云、零、落也。蔓艸而有露、謂仲春之時、艸始生、霜爲露也。周禮、仲春之月、令會男女之無夫家者。有美一人、清揚婉兮。邂逅相遇、適我願兮。清揚、眉目之間婉然美也。邂逅、不期而會、適其時願。

○野有蔓艸、零露瀼瀼。瀼瀼、盛貌。有美一人、婉如清揚。邂逅相遇、與子偕臧。臧、善也。

野有蔓艸二章、章六句。

溱洧、刺亂也。兵革不息、男女相棄、淫風大行、莫之能救焉。救、猶止也。亂者、士與女合會溱洧之上。

溱與洧、方渙渙兮。溱洧、鄭兩水名。渙渙、春水盛也。箋云、仲春之時、氷以釋、水則渙渙然

毛詩　鄭風

士與女。方秉蕑兮。蕑蘭也箋云男女相棄各無匹耦感春氣並出託采芬香之艸而爲淫泆之行女曰觀乎。士曰既且。箋云女曰觀乎欲與士觀於寬閒之處既已也士曰已觀矣未從之也且往觀乎。洧之外。洵訏且樂。訏大也箋云洵信也女情急故勸男使往觀於洧之外言其土地信寬大又樂也於是男則往也維士與女。伊其相謔。贈之以勺藥。勺藥香艸箋云伊因也士與女往觀因相與戲謔行夫婦之事其離別則送女以勺藥結恩情也

（）溱與洧。瀏其清矣。瀏深貌士與女殷其盈矣。殷衆也女曰觀乎。士曰既且。且往觀乎。洧之外。洵訏且樂。維士與女。伊其將謔。贈之以勺藥。箋云將大也

溱洧二章。章十二句。

鄭國二十一篇五十三章二百八十三句

毛詩卷第四

朝直遥反

纚色蟹反何霜綺反

毛詩卷第五

齊雞鳴詁訓傳第八

毛詩國風　鄭氏箋

雞鳴思賢妃也哀公荒淫怠慢故陳賢妃貞女夙夜警戒相成之道焉

雞既鳴矣朝既盈矣雞鳴而夫人作朝盈而君作箋云雞鳴朝盈夫人也君也可以起之常禮匪雞則鳴蒼蠅之聲蒼蠅之聲有似遠雞之鳴箋云夫人以蒼蠅聲為遠雞鳴則起早於常禮敬也○東方明矣朝既昌矣東方明則夫人纚笄而朝朝已昌盛則君聽朝箋云東方明朝既昌亦夫人也君也可以朝之常禮君日出而視朝匪東方則

薨呼弘反妃音配本亦作配樂音岳 早一本作且

且七也反朝會如字惡烏路反夫音符

明月出之光○見月出之光以爲東方明箋云夫人以月出之光爲東方明則朝亦敬也○

蟲飛薨薨○甘與子同夢○古之夫人配其君子亦不忘其敬箋云蟲飛薨薨東方早明之時我猶樂與子臥而同夢言親愛之無已

會且歸矣○無庶予子憎○會會於朝也卿大夫朝會於君朝聽政夕歸治其家事無庶予子憎無見惡於夫人箋云庶衆也蟲飛薨薨所以當起者卿大夫朝者且罷歸故也無使衆臣以我故憎惡於子戒也

雞鳴三章章四句○

還刺荒也哀公好田獵從禽獸而無厭國人化之遂成風俗習於田獵謂之賢閑於馳逐謂之好焉荒謂政事廢亂還音旋好呼報反厭於豔反又於占反本或作饜

猱乃刀反

儇許全反

佼古卯反　本又作姣

著直居反　又直據反　迎魚敬反

子之還兮。遭我乎峱之間兮。還，便捷之皃。峱，山名。箋云：子也我也皆士大夫也，俱出田獵而相遭也。並驅從兩肩兮。揖我謂我儇兮。從，逐也。獸三歲曰肩。儇，利也。箋云：並，併也。子也我也併驅而逐二獸，子則揖耦我，謂我儇，譽之也。譽之者以報前言還也。

○子之茂兮。遭我乎峱之道兮。茂，美也。並驅從兩牡兮。揖我謂我好兮。箋云：譽之言好者，以報前言茂也。

○子之昌兮。遭我乎峱之陽兮。昌，盛也。箋云：昌，佼好皃。並驅從兩狼兮。揖我謂我臧兮。狼，獸名。臧，善也。

還三章，章四句。

著，刺時也。時不親迎也。時不親迎，故陳親迎之禮以刺之。

明本爲下脫之字

俟我於著乎而充耳以素乎而俟待也門屏之間曰著素象瑱箋云我嫁
者自謂也待我於著謂從君子而出至於著君子揖
己之時也我視君子則以素爲充耳謂所以縣瑱者
或名爲紞織之人君則五色臣則三
色而已此言素者目所先見而云尚之以瓊華乎
而瓊華美石士之服也箋云尚猶飾也飾之以瓊華者謂縣紞之末所謂瑱也人君以玉爲之瓊華石
色似瓊者也○俟我於庭乎而充耳以青乎而青青玉箋云待我於
庭謂揖我於庭時青紞之青者尚之以瓊瑩乎而瓊瑩石似玉卿大夫之服也箋云石
色似瓊似瑩也○俟我於堂乎而充耳以黃乎而黃黃玉箋云黃紞之
黃者尚之以瓊英乎而瓊英美石似玉者人君之服也箋云瓊英猶瓊華也

著三章章三句

東方之日刺衰也君臣失道男女淫奔不能以禮化也○刺衰色追反

東方之日兮彼姝者子在我室兮興也日出東方人君明盛無不照察也姝者初昏之貌箋云言東方之日者愬之乎耳有姝然美好之子來在我室欲與我爲室家我無如之何也日在東方其明未融興者喻君不明

在我室兮履我卽兮履禮也箋云卽就也在我室者以禮來我則就之與之厺也言今者之子不以禮來也

○東方之月兮彼姝者子在我闥兮月盛於東方君明於上若日也臣察於下若月也闥門内也箋云日以興君月以興臣月在東方亦言不明

在我闥兮履我發兮發行也箋云以禮來則我行而與之厺

朝直遥反

別彼列反

脆七劌反藩方元反

東方之日二章章五句

東方未明刺無節也朝廷興居無節號令不時挈壺氏不能掌其職焉號令猶召呼也挈壺氏掌漏刻者

東方未明顛倒衣裳上曰衣下曰裳箋云挈壺氏失漏刻之節東方未明而以為明故羣臣促遽顛倒衣裳羣臣之朝別色始入顛之倒之自公召之箋云自從也羣臣顛倒衣裳而朝人又從君所來而召之漏刻失節君又早興○東方未晞顛倒裳衣晞明之始升倒之顛之自公令之令告也○折柳樊圃狂夫瞿瞿柳柔脆之木樊藩也圃菜園也折柳以為藩圃無益於禁矣瞿瞿無守之貌古者有挈壺氏以水火分日夜以告時於朝箋云柳木之不可以為藩猶是狂夫不任挈壺氏之事不能辰

乘公一本作乘

夜不夙則莫。晨時夙早、莫晩也。箋云此言不失其事者、恒失節數也。

東方未明三章章四句。

南山刺襄公也。鳥獸之行、淫乎其妹。大夫遇是惡、作詩而去之。襄公之妹、魯桓公夫人文姜也。襄公素與淫通。及嫁、公謫之。公與夫人如齊、夫人愬之襄公。襄公使公子彭生乘公而搚殺之。夫人久留於齊。莊公即位後乃來。猶復會齊侯于禚、于祝丘。又如齊師。齊大夫見襄公行惡如是、作詩以刺之。又非魯桓公不能禁制夫人而去之。

南山崔崔、雄狐綏綏。興也。南山、齊南山也。崔崔、高大也。國君尊嚴如南山崔崔然。雄狐相隨綏綏然、無別、失陰陽之匹。箋云雄狐行求匹耦於南山之上、形貌綏綏然。興者、喩襄公居人君之尊位、而爲淫泆之行、其威儀可恥惡如狐。魯道有蕩、齊子由歸。蕩平易也。齊子、文姜也箋云婦人謂嫁曰歸言文姜既以禮從此道嫁于魯侯也　既曰歸止曷又懷止○懷恐也箋云懷來也言文姜既曰嫁于魯侯矣何復來爲乎非其來也○葛屨五兩冠緌雙止○葛屨服之賤者冠緌服之尊者箋云葛屨五兩喻文姜與姪娣及傅姆同處冠緌喻襄公也五人爲奇而襄公徃從而雙之冠屨不宜同處猶襄公文姜不宜爲夫婦之道　魯道有蕩齊子庸止○庸用也　既曰庸止曷又從止箋云此言文姜既用此道嫁於魯侯襄公何復送而從之爲淫泆之行○蓺麻如之何○衡從其畝○蓺樹也衡獵之從獵之種之然後得麻箋云樹麻者必先耕治其畝然後樹之言人君取妻必先議於父母　取妻如之何○必告父母○必告父母廟箋云取妻之禮議於生者卜於死者此之謂告　既曰告止曷又鞠止○鞠窮也箋云鞠盈也魯侯女既告父母而取妻何復盈從

明本也下箋云此三

令至于齊乎又非魯桓公○析薪如之何匪斧不克○克能也箋云此言欲析薪必待斧乃能也取妻如之何○匪媒不得○箋云此言取妻者必待媒乃得也既曰得止曷又極止○極至也箋云女既以媒得之矣何不禁制而恣極其邪意令至齊乎又非魯桓公

南山四章章六句○

甫田大夫刺襄公也無禮義而求大功不脩其德而求諸侯志大心勞所以求者非其道也

無田甫田○維莠驕驕○興也甫大也大田過度而無人功終不能獲箋云興者喻人君欲立功致治必勤身脩德積小以成高大無思遠人○勞心忉忉○忉忉憂勞也箋云此

丱音慣

明本無稚治二字

毛詩卷五

言無德而求諸侯徒勞其心忉忉耳○無田甫田此莠桀桀○桀桀猶驕驕也無思遠人勞心怛怛怛怛猶忉忉也○婉兮孌兮總角丱兮○未幾見兮突而弁兮○婉孌少好貌總角聚兩髦也丱幼稺也弁冠也【箋云】人君內善其身外脩其德居無幾何可以立功致治猶是婉孌之童子少自脩飾丱然而幼稚見之無幾何突耳加冠爲成人也

甫田三章章四句○

盧令刺荒也襄公好田獵畢弋而不脩民事百姓苦之故陳古以風焉畢噣也弋繳射也

盧令令其人美且仁○盧田犬令令纓環聲人君能有美德盡其仁愛百姓欣而奉之

愛而樂之順時遊田與百姓共其樂同其獲故百姓聞而說之其聲令令然○盧重環重環子母環也

其人美且鬈○鬈好貌箋云鬈讀當為權權勇壯也○盧重鋂鋂一環貫二也

其人美且偲○偲才也箋云才多才也

盧令三章章二句○

敝笱刺文姜也齊人惡魯桓公微弱不能防閑文姜使至淫亂為二國患焉○

敝笱在梁其魚魴鰥○興也鰥大魚箋云鰥魚子也魴鰥也魚之易制者然而敝敗之笱不能制興者喩魯桓公微弱不能防閑文姜使終其初時之婉順

齊子歸止其從如雲○如雲言盛也箋云其從謂姪娣之屬言文姜初嫁于魯桓公之時其從者之心意如雲然雲之

行順風耳後知魯桓公微弱文姜遂淫恣從者亦隨之爲惡○敝笱在梁其魚魴鱮○魴鱮大魚箋云鱮似魴而弱鱗齊子歸止其從如雨○如雨言多也箋云如雨言無常天下之則下天不下則止以言姪娣之善惡亦文姜所使止○敝笱在梁其魚唯唯○唯唯出入不制箋云唯唯行相隨順之貌齊子歸止其從如水○水喻衆也箋云水之性可停可行亦言姪娣之善惡在文姜也

敝笱三章章四句○

載驅齊人刺襄公也無禮義故盛其車服疾驅於通道大都與文姜淫播其惡於萬民焉○故猶端也

載驅薄薄簟茀朱鞹○薄薄疾驅聲也簟方文席也車之蔽曰茀諸侯之路車有朱

一本都下有邑字

華之質而羽飾箋云此車襄公乃乘馬而來與文姜會**魯道有蕩齊子發夕**發夕自夕發至旦箋云襄公既無禮義乃疾驅其乘車以入魯竟魯之道路平易文姜發夕由之往會焉曾無慙恥之色**○四驪濟濟垂轡濔濔**四驪言物色盛也濟濟美貌垂轡之有垂者濔濔衆多也箋云此又刺襄公乘是四驪而來徒爲淫亂之行**魯道有蕩齊子豈悌**言文姜於是樂易然箋云此豈弟猶言發夕也豈讀當爲闓弟古文尚書以弟爲圛圛明也**○汶水湯湯行人彭彭**湯湯大貌彭彭多貌箋云汶水之上蓋有都焉襄公與文姜時所會**魯道有蕩齊子翱翔**翱翔猶彷徉也**○汶水滔滔行人儦儦**滔滔流貌儦儦衆貌**魯道有蕩齊子遊敖**

載驅四章章四句

猗嗟刺魯莊公也齊人傷魯莊公有威儀技藝然而不能以禮防閑其母失子之道人以爲齊侯之子焉

猗嗟昌兮頎而長兮猗嗟歎辭昌盛也頎長皃箋云昌佼好皃抑若揚兮抑美色揚廣揚美目揚兮好目揚眉巧趨蹌兮射則臧兮蹌巧趨皃箋云臧善○猗嗟名兮美目清兮目上爲名目下爲清儀既成兮終日射侯不出正兮展我甥兮二尺曰正外孫曰甥箋云成猶備也正射於侯中者天子五正諸侯三正大夫二正士一正外皆居其侯中參分之一爲展誠也姊妹之子曰甥容皃技藝如此誠我齊侯之甥言誠者拒時人言齊侯之子○猗嗟孌孌孌壯好皃清揚婉兮婉好眉目也舞則選兮射則貫兮選齊貫中也箋云選者謂於倫等最上貫

習也四矢反兮以禦亂兮四矢乘矢箋云反復也禮射三而止每射四矢皆得其故處此之謂復射必四矢者象其能禦四方之亂

猗嗟三章章六句

齊國十一篇三十四章百四十三句

魏葛屨詁訓傳第九

毛詩國風　鄭氏箋

葛屨刺褊也魏地陿隘其民機巧趨利其君儉嗇褊急而無德以將之儉嗇而無德是其所以見侵削

糾糾葛屨可以履霜糾糾猶繚繚也夏葛屨冬皮屨葛屨非所以履霜箋云葛屨賤

皮屨賤，魏俗至冬猶謂葛屨可以履霜，利其賤也。摻摻女手，可以縫裳。摻摻猶纖纖也。婦人三月廟見，然後執婦功。箋云：言女手者，未三月未成爲其婦，裳，男子之下服，賤，又未可使縫裳，魏俗使未三月婦縫裳者，利其事也。要之襋之，好人服之。要，褄也；襋，領也。好人，好女手之人。箋云：服，整也。褄也，領也，在上，好人尚可使整治之，謂屬著之。○好人提提，宛然左辟，佩其象揥。提提，安諦也；宛，辟貌。婦至門，夫揖而入，不敢當尊，宛然而左辟。象揥，所以爲飾。箋云：婦新至，慎於威儀，如是，使之非禮。維是褊心，是以爲刺。箋云：魏俗所以然者，是君心褊急無德教使之耳，我是以刺之。

葛屨二章，一章六句，一章五句。

汾沮洳，刺儉也。其君儉以能勤，刺不得禮也。

彼汾沮洳。言采其莫。汾水也。沮洳其漸洳者。莫菜也。箋云言我也。於彼汾水漸洳之中。我采其莫以爲菜。是儉以能勤。彼其之子。美無度。箋云之子是子也。是子之德美無有度。言不可以尺寸。美無度。殊異乎公路。路車也。箋云是子之德美信無度矣。雖然其采莫之事。則非公路之禮也。公路主君之輅車。庶子爲之。晉趙盾爲輅車之族是也。○彼汾一方。言采其桑。箋云采桑親蠶事也。彼其之子。美如英。萬人爲英。美如英。殊異乎公行。公行從公之行也。箋云從公之行者。主君兵車之行列。○彼汾一曲。言采其藚。藚水舄也。彼其之子。美如玉。美如玉。殊異乎公族。公族公屬。箋云公族主君同姓昭穆也。

汾沮洳三章章六句。

園有桃刺時也大夫憂其君國小而迫而儉以嗇不能用其民而無德敎日以侵削故作是詩也

園有桃其實之殽 興也園有桃其實之食國有民得其力箋云魏君薄公稅省國用不取於民食園桃而已不施德敎民無以戰其侵削之由是也

心之憂矣我歌且謠 曲合樂曰歌徒歌曰謠箋云我心憂君之行如此故歌謠以寫我憂矣

不我知者謂我士也驕 箋云士事也不知我所爲歌謠之意者反謂我於君事驕逸也

彼人是哉子曰何其 夫人謂我欲何爲乎箋云彼人謂君也曰於也不知我所爲憂者既非責我又曰君儉而嗇所行是其道哉子於此憂之何乎

心之憂矣其誰知之 箋云如是則衆臣無知我憂所爲也

其誰知之蓋亦勿思 箋云無知我憂所爲者則宜無復思念之以自止也

衆不信我或時謂我謗君使我得罪也○園有棘其實之食棘棗心之憂矣聊以行國箋云聊且略之辭也聊出行於國中觀民事以寫憂不我知者謂我士也罔極極中也箋云見我聊出行謂我於君事無中正彼人是哉子曰何其心之憂矣其誰知之其誰知之蓋亦勿思

園有棘二章章十句

陟岵孝子行役思念父母也國小迫而數見侵削役乎大國父母兄弟離散而作是詩也役乎大國者爲大國所徵發

陟彼岵兮瞻望父兮山無艸木曰岵箋云孝子行役思其父母之戒乃登彼岵以遙瞻望其父所在之處父曰嗟予子行役夙夜無已箋云子我夙早夜莫也無

已無懈倦　上慎旃哉猶來無止。旃之猶可也父尚義箋云止者謂在軍事作部列時

○陟彼屺兮瞻望母兮。山有艸木曰屺箋云又思母之戒而登屺山而望之母曰嗟予季行役夙夜無寐。季少子也無寐無耆寐　上慎旃哉猶來無棄。母尚恩也

○陟彼岡兮瞻望兄兮。兄曰嗟予弟行役夙夜必偕。偕俱也　上慎旃哉猶來無死。兄尚親也

陟岵三章章六句。

十畝之間刺時也。言其國削小民無所居焉。

十畝之間兮。桑者閑閑兮。閑閑然男女無別往來之貌箋云古者一夫百畝今十畝之間往來者閑閑然削小之甚　行與子還兮。或行來者或來還者　○十畝之

外兮。桑者泄泄兮，泄泄，多人貌。行與子逝兮。箋云：逝，逮也。

十畝之間二章，章三句。

伐檀，刺貪也。在位貪鄙，無功而受祿，君子不得進仕爾。

坎坎伐檀兮，寘之河之干兮，河水清且漣猗。坎坎，伐檀聲。寘，置也。干，厓也。風行水成文曰漣。伐檀以俟世用，若不俟河水清且漣。箋云：是謂君子之人不得進仕也。不稼不穡，胡取禾三百廛兮？不狩不獵，胡瞻爾庭有縣貆兮？種之曰稼，斂之曰穡。一夫之居曰廛。貆，獸名。箋云：是謂在位貪鄙，無功而受祿也。冬田曰狩，宵田曰獵。胡，何也。貉子曰貆。彼君子兮，不素餐兮。素，空也。箋云：彼君子者，斥伐檀之人

仕有功乃肯受祿 ○坎坎伐輻兮寘之河之側兮河水清且

直猗。輻檀輻也側猗厓也直直波也 不稼不穡胡取禾三百億兮不

狩不獵胡瞻爾庭有縣特兮。十萬曰億獸三歲曰特箋云十萬曰億三百億

禾秉之數 彼君子兮不素食兮。○坎坎伐輪兮寘之河之

漘兮河水清且淪猗。檀可以爲輪漘厓也小風水成文轉如輪也 不稼不

穡胡取禾三百囷兮不狩不獵胡瞻爾庭有縣鶉兮

圓者爲囷鶉鳥也 彼君子兮不素飧兮。熟食曰飧箋云飧讀如魚飧之飧

伐檀三章章九句。

碩鼠刺重斂也。國人刺其君重斂蠶食於民不脩其

政貪而畏人若大鼠也

碩鼠碩鼠無食我黍三歲貫女莫我肯顧貫事也箋云碩大也大鼠大鼠者斥其君也言女無復食我黍疾其稅歛之多也我事女三歲矣曾無教令恩德來顧眷我又疾其不脩政也古者三年大比民或於是徙逝將去女適彼樂土箋云逝往也往矣將去女與之訣別之辭樂土有德之國樂土樂土爰得我所箋云爰曰也○

碩鼠碩鼠無食我麥三歲貫女莫我肯德箋云不肯施德於我逝將去女適彼樂國樂國樂國爰得我直直得其直道箋云直猶正也

碩鼠碩鼠無食我苗苗嘉穀也三歲貫女莫我肯勞箋云不肯勞來我逝將去女適彼樂郊箋云郊外曰郊樂郊樂郊誰

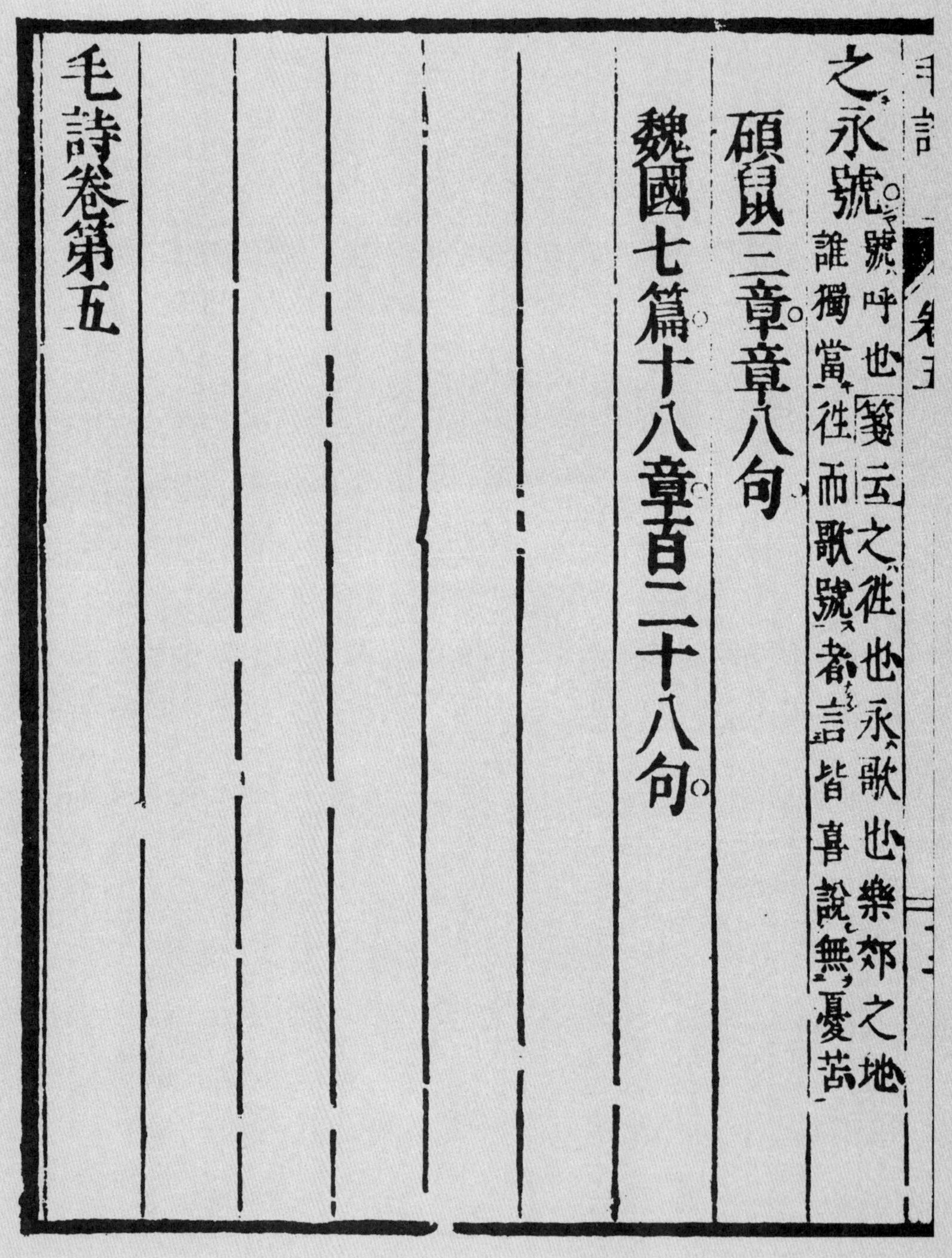
毛詩 卷五

之永號。號，呼也。箋云：之，往也。永，歌也。樂郊之地，誰獨當往而歌號者？言皆喜說無憂苦。

碩鼠三章，章八句。

魏國七篇，十八章，百二十八句。

毛詩卷第五

毛詩卷第六

唐蟋蟀詁訓傳第十

毛詩國風　　鄭氏箋

蟋蟀刺晉僖公也儉不中禮故作是詩以閔之欲其及時以禮自虞樂也此晉也而謂之唐本其風俗憂深思遠儉而用禮乃有堯之遺風焉 箋憂深思遠謂宛其死矣百歲之後之類也 蟋蟀上音悉下所律反中丁仲反樂音洛下皆同思息嗣反

蟋蟀在堂歲聿其莫今我不樂日月其除 蟋蟀蛬也九月在堂聿遂除去也箋云我我僖公也蛬在堂歲時之候是時農功畢君可以自樂矣今不自樂日月且過去不

聿允橘反莫音

復職爲之謂十二月當復命農夫計耦耕事 無已大康職思其居 已甚康樂職主

也箋云君雖當自樂亦無甚大樂欲其用禮爲節也又當主思於所居之事謂國中政令 好樂無

荒良士瞿瞿 荒大也瞿瞿然顧禮義也箋云荒廢亂也良善也君之好樂不當至於廢亂政

事當如善士瞿瞿然顧禮義也 ○蟋蟀在堂歲聿其逝今我不樂日

月其邁 邁行也 無已大康職思其外 外禮樂之外箋云外謂國外至四境

好樂無荒良士蹶蹶 蹶蹶動而敏於事 ○蟋蟀在堂役車其

休 箋云庶人乘役車役車休農功畢無事也 今我不樂日月其慆 慆過也 無

已大康職思其憂 憂可憂也箋云憂者謂鄰國侵伐之憂 好樂無荒良

士休休 休休樂道之心

蟋蟀三章章八句

山有樞刺晉昭公也不能修道以正其國有財不能用有鍾鼓不能以自樂有朝廷不能洒埽政荒民散將以危亡四鄰謀取其國家而不知國人作詩以刺之也

山有樞隰有榆（興也樞荎也國君有財貨而不能用如山隰不能自用其材）子有衣裳弗曳弗婁子有車馬弗馳弗驅（婁亦曳也）宛其死矣他人是愉（宛死貌愉樂也箋云愉讀曰偷偷取也）○山有栲隰有杻（栲山樗杻檍也）子有廷內弗洒弗埽子有鍾鼓弗鼓弗考（洒灑也考

擊也宛其死矣他人是保保安也箋云保居也○山有漆隰有栗
子有酒食何不日鼓瑟君子無故琴瑟不離於側且以喜樂且以
永日永引也宛其死矣他人入室

山有樞三章章八句

揚之水刺晉昭公也昭公分國以封沃沃盛彊昭公
微弱國人將叛而歸沃焉封沃者封叔父桓叔于沃也沃曲沃晉之邑也
揚之水白石鑿鑿興也鑿鑿鮮明貌箋云激揚之水波流湍疾洗去垢濁使白石鑿鑿
然興者喻桓叔盛彊除民所惡民得以有禮義也素衣朱襮從子于沃襮領也諸
侯繡黼丹朱中衣沃曲沃也箋云繡當為綃綃黼丹朱中衣以綃黼為領丹朱為純也國人欲進此

服太從桓叔既見君子云何不樂箋云君子謂桓叔○揚之水白石皓皓皓皓絜白也素衣朱繡從子于鵠繡黼也鵠曲沃邑也既見君子云何其憂言無憂也○揚之水白石粼粼粼粼清澈也我聞有命不敢以告人聞曲沃有善政命不敢以告人箋云不敢以告人而去者畏昭公謂己動民心

揚之水三章章六句一章四句

椒聊刺晉昭公也君子見沃之盛彊能脩其政知其蕃衍盛大子孫將有晉國焉

椒聊之實蕃衍盈升興也椒聊椒也箋云椒之性芬香而少實今一捄之實蕃衍滿

弁非其常也興者喻桓叔晉君之支別耳今其子孫衆多將以盛也彼其之子碩大無朋。朋比也箋云之子是子也謂桓叔也碩謂壯貌佼好也大謂德美廣博也無朋平均不朋黨椒聊且遠條且。條長也箋云椒之氣日益遠長似桓叔之德彌廣博○椒聊之實蕃衍盈匊。兩手曰匊彼其之子碩大且篤。篤厚也椒聊且遠條且。言聲之遠聞也

椒聊二章章六句。

綢繆刺晉亂也國亂則昏姻不得其時焉。不得其時謂不及仲春之月

綢繆束薪三星在天。興也綢繆猶纏綿也三星參也在天謂始見東方也男女待禮

而成婚若薪芻待人事而後束也三星在天可以嫁娶矣箋云三星謂心星也心星有尊卑夫婦父子之象又爲二月之合宿故嫁娶者以爲候焉昏而火星不見嫁娶之時也今我束薪於野乃見其在天則三月之末四月之中見於東方矣故云不得其時

今夕何夕見此良人

良人美室也箋云今夕何夕者言此夕何月之夕乎而女以見良人言非其時

子兮子兮如此良人何

子兮者嗟茲也箋云子兮子兮者斥嫁娶者子娶後陰陽交會之月當如此良人何

○綢繆束芻三星在隅

隅東南隅也箋云心星在隅謂四月之末五月之中

今夕何夕○見此邂逅

邂逅解說之貌

子兮子兮如此邂逅何○綢繆束楚三星在戶○

參星正月中直戶也箋云心星在戶謂五月之末六月之中

今夕何夕○見此粲者

三女爲粲大夫一妻二妾

子兮子兮如此粲者何

明本特下脫生字此下脫汝字

綢繆三章章六句

杕杜刺時也君不能親其宗族骨肉離散獨居而無兄弟將爲沃所并爾

有杕之杜其葉湑湑興也杕特生皃杜赤棠也湑湑枝葉不相比次也獨行踽踽豈無他人不如我同父踽踽無所親也箋云他人謂異姓也言昭公遠其宗族獨行於國中踽踽然此豈無異姓之臣乎顧恩不如同姓親親也嗟行之人胡不比焉箋云君所與行之人謂異姓卿大夫也比輔也此人女何不輔君爲政令人無兄弟胡不佽焉佽助也箋云異姓卿大夫女見君無兄弟之親親者何不相推佽而助之○有杕之杜其葉菁菁菁菁葉盛也箋云菁菁希少之皃獨行睘睘豈無

他人不如我同姓。睘睘無所依也。同姓同祖也。嗟行之人胡不比焉。人無兄弟胡不佽焉。

杕杜二章章九句

羔裘刺時也。晉人刺其在位不恤其民也。恤憂也。

羔裘豹袪自我人居居。袪袂也。本末不同，在位與民異心。自用也。居居懷惡不相親比之貌。箋云羔裘豹袪，在位卿大夫之服也。其役使我之民人，其意居居然有悖惡之心，不恤我之困苦。豈無他人維子之故。箋云此民，卿大夫采邑之民也。故云豈無他人可歸往者乎。我不去者，乃念子故舊之人。○羔裘豹褎自我人究究。褎猶袪也。究究猶居居也。豈無他人維子之好。箋云我不去而歸往他人者，乃念子而愛好之也。民之厚

如此亦唐之遺風

羔裘二章章四句

鴇羽刺時也昭公之後大亂五世君子下從征役不得養其父母而作是詩也大亂五世者昭公孝侯鄂侯哀侯小子侯

肅肅鴇羽集于苞栩興也肅肅鴇羽聲也集止苞稹栩杼也鴇之性不樹止箋云興者喩君子當居安平之處今下從征役其爲危苦如鴇之樹止然稹者根相迫迮梱致也王事靡盬不能蓺稷黍父母何怙盬不攻緻也怙恃也箋云蓺樹也我迫王事無不攻緻故盡力爲既則罷倦不能播種五穀今我父母將何怙乎悠悠蒼天曷其有所箋云曷何也何時我得其所哉（一）

肅肅鴇翼集于苞棘王事靡盬不

美明本作刺

能蓺黍稷父母何食悠悠蒼天曷其有極[箋云]極已也○肅肅鴇行集于苞桑行翮也王事靡盬不能蓺稻粱父母何嘗悠悠蒼天曷其有常

鴇羽三章章七句

無衣美晉武公也武公始幷晉國其大夫爲之請命乎天子之使而作是詩也天子之使是時使來者

豈曰無衣七兮侯伯之禮七命冕服七章[箋云]我豈無是七章之衣乎晉舊有之非新命之服不如子之衣安且吉兮諸侯不命於天子則不成爲君[箋云]武公初幷晉國心未自安故以得命服爲安○豈曰無衣六兮天子之卿六命車旗衣服以六爲節

箋云變七言六者謙也不敢必當侯伯得受六命之服列於天子之卿猶愈乎不**不如子之**衣安且燠兮燠煖也

無衣二章章三句

有杕之杜刺晉武公也武公寡特兼其宗族而不求賢以自輔焉

有杕之杜生于道左興也道左之陽人所宜休息也箋云道左道東也日之熱恒在日中之後道東之杜人所宜休息也今人不休息者以其特生陰寡也興者喻武公初兼其宗族不求賢者與之在位君子不歸似乎特生之杜然彼君子兮噬肯適我噬逮也箋云肯可適之也彼君子之人至於此國皆可求之我君所君子之人義之與比其不來者君不求之耳**中心**

好之曷飲食之。箋云曷何也言中心誠好之何但飲食之當盡禮極歡以待之○有杕之杜生于道周周曲也彼君子兮噬肯來遊遊觀中心好之曷飲食之

有杕之杜二章章六句

葛生刺晉獻公也獻公好攻戰則國人多喪矣喪棄亾也夫從征役棄亾不反則其妻居家而怨思

葛生蒙楚蘞蔓于野興也葛生延而蒙楚蘞生蔓於野喻婦人外成於他家美亾此誰與獨處箋云予我亾無也言我所美之人無於此謂其君子也吾誰與居乎獨處家耳從軍未還未知死生其今無於此○葛生蒙棘蘞蔓于域域塋域也

子美亾此誰與獨息 息止也 ○角枕粲兮錦衾爛兮 齊則
角枕錦衾禮夫不在斂枕篋衾席韣而藏之 箋云夫
雖不在不失其祭也攝主主婦猶自齊而行事 子
美亾此誰與獨旦 箋云旦明也我君子無於
此吾誰與齊乎獨自絜明 ○夏之
日冬之夜 言長也 箋云思者於晝夜之長
時尤甚故極言之以盡其情 百歲之後
歸于其居 箋云居墳墓也言此者婦
人專壹義之至情之盡 冬之夜夏之日
百歲之後歸于其室 室猶居也 箋云室猶塚壙

葛生五章章四句

采苓刺晉獻公也獻公好聽讒焉

采苓采苓首陽之巔 興也苓大苦也首陽山名也采
苓細事也首陽幽辟也細事喻

小行也幽辟喻無徵也箋云采苓采苓者言采苓之人衆多非一也皆云采此苓於首陽山之上首陽山之上信有苓矣然而今之采苓者未必於此山然而人必信之興者喻事有似而非人之爲言苟亦無信舍旃舍旃苟亦無然苟誠也箋云苟且也爲言謂人爲善言以稱薦之欲使見進用也旃之也舍之爲舍之爲謂讒訕人欲使見貶退也此二者且無信受之且無答然人之爲言胡得爲箋云人以此言來不信受之不答然之然後察之或時見罪何所得○采苦采苦首陽之下苦苦菜也人之爲言苟亦無與舍旃舍旃苟亦無然無與勿用也人之爲言胡得爲○采葑采葑首陽之東葑菜名也人之爲言苟亦無從舍旃舍旃苟亦無然人之爲言胡得爲

毛詩 卷六 唐風 三

采苓三章章八句

唐國十二篇三十三章二百二句

秦車鄰詁訓傳第十一

毛詩國風　　鄭氏箋

車鄰美秦仲也秦仲始大有車馬禮樂侍御之好焉

有車鄰鄰有馬白顛（鄰鄰衆車聲也白顛的顙也）未見君子寺人之令（寺人內小臣也箋云欲見國君者必先令寺人使傳告之時秦仲又始有此臣）阪有漆隰有栗（興也陂者曰阪下濕曰隰箋云興者喻秦仲之君臣所有各得其宜）既見君子並坐鼓瑟（又見其禮樂焉箋云既見既見秦仲也並坐鼓瑟君臣以閒暇燕飲相安樂也）

今者不樂逝者其耋。耋老也八十曰耋箋云今者不於此君之朝自樂謂仕焉而去仕他國其徒自使老言將後寵祿也○阪有桑隰有楊既見君子並坐鼓簧。簧笙也今者不樂逝者其亡。亡喪也

車鄰三章一章四句二章章六句

駟驖美襄公也。始命有田狩之事園囿之樂焉。始命命為諸侯也秦始附庸也

駟驖孔阜六轡在手。驖驪阜大也箋云四馬六轡六轡在手言馬之良也公之媚子從公于狩。能以道媚於上下者冬獵曰狩箋云媚於上下謂使君臣和合也此人從公往狩言襄公親賢○奉時辰牡辰牡孔碩。時是辰時也冬獻狼夏獻麋春秋獻鹿豕

羣獸箋云奉是時牡者謂虞人也時牡甚肥大言禽獸得其所公曰左之舍拔則獲拔矢末也箋云左之者從禽之左射之也拔括也舍拔則獲言公善射○遊于北園四馬既閑閑習也箋云公所以田則克獲者乃遊于北園之時時則已習其四種之馬輶車鸞鑣載獫歇驕輶輕也獫歇驕田犬也長喙曰獫短喙曰歇驕箋云輕車驅逆之車也置鸞於鑣異於乘車也載始也始田犬者謂達其摶噬始成之也此皆遊於北園時所爲也

駟驖三章章四句

小戎美襄公也備其兵甲以討西戎西戎方強而征伐不休國人則矜其車甲婦人能閔其君子焉矜夸大也國人夸大其車甲之盛有樂伐之意也婦人閔其君子恩義之至也作者敘外内之志所以美君政敎之

功，

小戎俴收。五楘梁輈。小戎，兵車也。俴，淺。收，軫也。五，五束也。楘，歷錄也。梁輈，輈上句衡也。一輈五束，束有歷錄。箋云：此羣臣之兵車，故曰小戎。游環脅驅，陰靷鋈續。游環，靷環也。游在背上，所以禦出也。脅驅，慎駕具，所以止入也。陰，揜軓也。靷，所以引也。鋈，白金也。續，續靷也。箋云：游環在背上，無常處，貫驂之外轡，以禁其出。脅驅著服馬之外脅，以止驂之入。揜軓在軾前，垂輈上。鋈續，白金飾續靷之環。文茵暢轂。駕我騏馵。文茵，虎皮也。暢轂，長轂也。騏，騏文也。左足白曰馵。箋云：此上六句者，國人所矜。言念君子，溫其如玉。箋云：言，我也。我念君子之性溫然如玉，玉有五德。在其板屋。亂我心曲。西戎板屋。箋云：心曲，心之委曲也。憂則心亂也。此上四句者，婦人所以閔其君子。○四牡孔阜。六轡在手。騏

了然諸本皆作然了

騮是中。騧驪是驂。黃馬黑喙曰騧。箋云：赤身黑鬣曰騮。中，中服也。驂，兩騑也。龍盾之合。鋈以觼軜。龍盾，畫龍其盾也。合，合而載之。軜，驂內轡也。箋云：鋈以觼軜，軜之觼以白金為飾也。軜繫於軾前。言念君子。溫其在邑。在敵邑也。方何為期。胡然我念之。箋云：方今以何時為還期乎，何以了然不來，言望之也。

○俴駟孔羣。厹矛鋈錞。蒙伐有苑。俴駟，四介馬也。孔，甚也。厹矛，三隅矛也。錞，鐏也。蒙，討羽也。伐，中干也。苑，文貌。箋云：俴，淺也，謂以薄金為介之札。介，甲也。甚羣者，言和調也。蒙，尨也。討，雜也。畫雜羽之文於伐，故曰尨伐。虎韔鏤膺。交韔二弓。竹閉緄縢。虎，虎皮也。韔，弓室也。膺，馬帶也。交韔，交二弓於韔中也。閉，紲。緄，繩。縢，約也。箋云：鏤膺，有刻金飾也。言念君子。載寢載興。厭厭良人。秩秩德音。厭厭，安靜也。秩秩，有知也。箋云：此既閔其君子寢起之榮，又思其性與德音。

小戎三章，章十句。

蒹葭，刺襄公也。未能用周禮，將無以固其國焉。秦處周之舊土，其人民被周之德敎日久矣。今襄公新爲諸侯，未習周之禮法，故國人未服焉。

蒹葭蒼蒼，白露爲霜。興也。蒹，薕。葭，蘆也。蒼蒼，盛也。白露凝戾爲霜，然後歲事成。興國家待禮然後興。箋云：蒹葭在衆艸之中蒼蒼然彊盛，至白露凝戾爲霜則成而黃。興者，喻衆民之不從襄公政令者，得周禮以敎之則服。所謂伊人，在水一方。伊，維也。一方，難至矣。箋云：伊當作緊，緊猶是也。所謂是知周禮之賢人，乃在大水之一邊，假喻以言遠。遡洄從之，道阻且長。逆流而上曰遡洄。逆禮則莫能以至也。箋云：此言不以敬順往求之，則不能得見。遡游從之宛在水中央順流而涉曰遡游順禮求濟道來迎之箋云宛坐見貌以敬順求之則近耳易得見也○蒹葭淒淒白露未晞淒淒猶蒼蒼也晞乾也箋云未晞未爲霜所謂伊人在水之湄湄水隒也遡洄從之道阻且躋躋升也箋云升者言其難至如升阪遡游從之宛在水中坻坻小渚也○蒹葭采采白露未已采采猶淒淒也未已猶未止也所謂伊人在水之涘涘厓也遡洄從之道阻且右右出其右也箋云右者言其迂廻也遡游從之宛在水中沚小渚曰沚

蒹葭三章章八句

終南戒襄公也能取周地始爲諸侯受顯服大夫美

之故作是詩以戒勸之

終南何有有條有梅興也終南周之名山中南也條槄梅柟也宜以戒不宜也箋云問何有者意以爲名山高大宜有茂木也興者喻人君有盛德乃宜有顯服猶山之木有大小也此之謂戒勸君子至止錦衣狐裘錦衣采色也狐裘朝廷之服箋云至止者受命服於天子而來也諸侯狐裘錦衣以裼之顏如渥丹其君也哉箋云渥厚漬也顏色如厚漬之丹言赤而澤也其君也哉儀貌尊嚴也

○終南何有有紀有堂紀基也堂畢道平如堂也箋云畢也堂也亦高大之山所宜有也畢終南山之道名邊平如堂之牆然君子至止黻衣繡裳黑與青謂之黻五色備謂之繡佩玉將將壽考不忘

終南二章章六句

黃鳥哀三良也國人刺穆公以人從死而作是詩也

三良三善臣也奄息仲行鍼虎也從死自殺以從死

交交黃鳥止于棘興也交交小貌黃鳥以時往來得其所人以壽命終亦得其所箋云黃鳥止于棘以求安己也此棘若不安則移興者喻臣之事君亦然今穆公使臣從死刺其不得黃鳥止於棘之本意誰從穆公子車奄息子車氏奄息名箋云維言誰從穆公者傷之此奄息百夫之特乃特百夫之德箋云百夫之中最雄俊也臨其穴惴惴其慄惴惴懼也箋云穴謂塚壙中也秦人哀傷此奄息之死臨視其壙皆爲之悼慄彼蒼者天殲我良人殲盡良善也箋云言彼蒼者天愬之如可贖兮人百其身箋云如此奄息之死可以他人贖之者人皆百其身謂一身百死猶爲之惜善人之甚○交交

黃鳥止于桑誰從穆公子車仲行箋云中行字也維此仲行百夫之防防比也箋云防猶當也言此一人當百夫臨其穴惴惴其慄彼蒼者天殲我良人如可贖兮人百其身○交交黃鳥止于楚誰從穆公子車鍼虎維此鍼虎百夫之禦禦當也臨其穴惴惴其慄彼蒼者天殲我良人如可贖兮人百其身

黃鳥三章章十二句

晨風刺康公也忘穆公之業始棄其賢臣焉

鴥彼晨風鬱彼北林興也鴥疾飛貌晨風鸇也鬱積也北林林名也先君招賢人賢

明本徃上無歸字

毛詩　卷六

人歸徃之駃疾如晨風之飛入北林箋云先君謂穆公未見君子憂心欽欽思望之心中欽欽然箋云言穆公始未見賢者之時思望而憂之如何如何忘我實多今則忘之矣箋云此以穆公之意責康公如何如何乎女忘我之事實多○山有苞櫟隰有六駮櫟木也駮如馬倨牙食虎豹箋云山之櫟隰之駮皆其所宜有也以言賢者亦國家所宜有之未見君子憂心靡樂如何如何忘我實多○山有苞棣隰有樹檖棣唐棣也檖赤羅也未見君子憂心如醉如何如何忘我實多○

晨風三章章六句○

無衣刺用兵也秦人刺其君好攻戰亟用兵而不與

民同欲焉

豈曰無衣與子同袍興也袍襺也上與百姓同欲則百姓樂致其死箋云此責康公之言也君豈嘗曰女無衣我與女同袍乎言不與民同欲王于興師修我戈矛與子同仇戈長六尺六寸矛長二丈天下有道則禮樂征伐自天子出仇匹也箋云于於也怨耦曰仇君不與我同欲而於王興師則云脩我戈矛與子同仇往伐之刺其好攻戰○豈曰無衣與子同澤澤潤澤也箋云澤褻衣近汚垢王于興師脩我矛戟與子偕作作起也箋云戟車戟常也○豈曰無衣與子同裳王于興師脩我甲兵與子偕行行往也

無衣三章章五句

渭陽康公念母也康公之母晉獻公之女文公遭麗姬之難未反而秦姬卒穆公納文公康公時爲太子贈送文公于渭之陽念母之不見也我見舅氏如母存焉及其卽位思而作是詩也

我送舅氏曰至渭陽母之昆弟曰舅箋云渭水名也秦是時都雍至渭陽者蓋東行送舅氏於咸陽之地何以贈之路車乘黃贈送也乘黃四馬皆黃也○我送舅氏悠悠我思何以贈之瓊瑰玉佩瓊瑰美石而次玉者

渭陽二章章四句

權輿刺康公也忘先君之舊臣與賢人有始而無終

也。於我乎。夏屋渠渠。夏大也。箋云屋具也。渠渠猶勤勤也。言君始於我厚設禮食大具以食我其意勤勤然。今也每食無餘。箋云此言君今遇我薄其食我纔足耳。于嗟乎不承權輿。承繼也。權輿始也。於我乎每食四簋。四簋黍稷稻粱。今也每食不飽。于嗟乎不承權輿。

權輿二章章五句。

秦國十篇二十七章百八十一句。

毛詩卷第六

毛詩卷第七

陳宛丘詁訓傳第十二

毛詩國風　　鄭氏箋

宛丘刺幽公也淫荒昏亂游蕩無度焉

子之湯兮宛丘之上兮子大夫也湯蕩也四方高中央下曰宛丘箋云子者斥幽公也游蕩無所不爲洵有情兮而無望兮洵信也箋云此君子信有淫荒之情其威儀無可觀望而則傚○坎其擊鼓宛丘之下坎坎擊鼓聲無冬無夏值其鷺羽值持也鷺鳥之羽可以爲翳箋云翳舞者所持以指麾○坎其擊缶宛丘之道盎謂之缶無冬無夏值其鷺翿翿翳也

宛丘三章章四句

東門之枌疾亂也幽公淫荒風化之所行男女棄其舊業亟會於道路歌舞於市井爾

東門之枌宛丘之栩枌白楡也栩杼也國之交會男女之所聚子仲之子婆娑其下子仲陳大夫氏婆娑舞也箋云之子男子也○穀旦于差南方之原穀善也原大夫氏箋云旦明于曰差擇也朝日善明曰相擇矣南方原氏之女可以爲上處不績其麻市也婆娑箋云績麻者婦人之事也疾其今不爲○穀旦于逝越以鬷邁逝往鬷數邁行也箋云越於鬷總也朝旦善明曰往矣謂之所會處也於是以總行欲男女合行視爾如荍貽我握椒荍芘芣也椒芬香也箋云男女交會而相說曰我視

女之顔色美如芘芣之華然女乃遺我一握之椒交情好也此本淫亂之化所由

東門之枌三章章四句

衡門誘僖公也愿而無立志故作是詩以誘掖其君也誘進也掖扶持也

衡門之下可以棲遲衡門横木爲門言淺陋也棲遲遊息也箋云賢者不以衡門之淺陋則不遊息於其下以喩人君不可以國小則不興治致政化泌之洋洋可以樂飢泌泉水也洋洋廣大也樂飢可樂道忘飢箋云飢者不足於食也泌水之流洋洋然飢者見之飲以療飢以喩人君愨愿任用賢臣則政教成亦猶是也○豈其食魚必河之魴豈其取妻必齊之姜箋云此言何必河之魴然後可食取其口美而已何必大國之女然

後可妻亦取貞順而已以喻君任臣何必聖人亦取忠孝而已齊姜姓○豈其食魚必河之鯉豈其取妻必宋之子箋云宋子姓

衡門三章章四句○

東門之池刺時也疾其君之淫昏而思賢女以配君子也○

東門之池可以漚麻興也池城池也漚柔也箋云於池中柔麻使可緝績作衣服興者喻賢女能柔順君子成其德彼美淑姬可與晤歌晤遇也箋云晤猶對也言淑姬賢女君子宜與對歌相切化也○東門之池可以漚紵彼美淑姬可與晤語○東門之池可以漚菅彼美淑姬可與晤言

言道也

東門之池三章章四句

東門之楊，刺時也。昏姻失時，男女多違，親迎女猶有不至者也。

東門之楊，其葉牂牂。興也。牂牂，盛貌。言男女失時，不逮秋冬。箋云：楊葉牂牂，三月中也，興者喻時晚也，失仲春之月。昏以爲期，明星煌煌。期而不至也。箋云：親迎之禮以昏時，爲期時女留他色，不肯時行，乃至大星煌煌然。○東門之楊，其葉肺肺。肺肺猶牂牂也。昏以爲期，明星晢晢。晢晢猶煌煌也。

東門之楊二章章四句

一本性作樹

毛詩 卷七

墓門刺陳佗也陳佗無良師傅以至於不義惡加於萬民焉不義者謂弑君而自立

墓門有棘斧以斯之興也墓門墓道之門斯析也幽間希行用生此棘薪維斧可以開析之箋云興者喩陳佗由不覩賢師良傅之訓道至陷於誅絶之罪夫也不良國人知之夫傅相也箋云良善也陳佗之師傅不善羣臣皆知之言其罪惡彰著也知而不已誰昔然矣昔久也箋云已猶去也誰昔昔也國人皆知其有罪惡而不誅退終致禍難自古昔之時常然

○墓門有梅有鴞萃止梅楠也鴞惡聲之鳥也萃集也箋云梅之樹善惡自爾耳徒以鴞集其上而鳴人則惡之性因惡矣以喩陳佗之性本未必惡師傅惡而佗從之而惡夫也不良歌以訊之訊告也箋云歌謂作此詩也旣作又使工歌之是謂之告訊

予不顧顛倒思予箋云予我也歌以告之女不顧念我言至於破滅顛倒之急乃思我之言其晚也

墓門二章章六句

防有鵲巢憂讒賊也宣公多信讒君子憂懼焉

防有鵲巢邛有旨苕興也防邑也邛丘也苕艸也箋云防之有鵲巢邛之有美苕處勢自然興者喩宣公信多言之人故致此讒人誰侜予美心焉忉忉侜張誑也箋云誰誰讒人也女衆讒人誰侜張誑欺我所美之人乎使我心忉忉然所美謂宣公○中唐有甓邛有旨鷊中中庭也唐堂塗也甓瓴甋也鷊綬艸也誰侜予美心焉惕惕惕惕猶忉忉也

一本有夫之上夏字

防有鵲巢二章章四句。

月出刺好色也在位不好德而說美色焉。

月出皎兮興也皎月光也箋云興者喻婦人有美色之白皙佼人僚兮舒窈糾兮僚好貌舒遲也窈糾舒之姿也勞心悄兮悄憂也箋云思而不見則憂○月出皓兮佼人懰兮舒懮受兮勞心慅兮○月出照兮佼人燎兮舒夭紹兮勞心慘兮

月出三章章四句。

株林刺靈公也淫乎夏姬驅馳而往朝夕不休息焉夏姬陳大夫妻夏徵舒之母鄭女也徵舒字子南夫字御叔

胡爲乎株林從夏南○株林夏氏邑也夏南夏徵舒也箋云陳人責靈公君何爲之株林從夏氏子南之母爲淫泆之行匪適株林從夏南箋云匪非也言我非之株林從夏氏子南之母爲淫泆自之他耳觝拒之辭○駕我乘馬說于株野乘我乘駒朝食于株大夫乘駒箋云我國人我君也君親乘君乘馬乘君乘駒變易車乘以至株林或說舍焉或朝食焉又責之也馬六尺以下曰駒

株林二章章四句

澤陂刺時也言靈公君臣淫於其國男女相說憂思感傷焉○君臣淫於國謂與孔寧儀行父也感傷謂涕泗滂沱

彼澤之陂有蒲與荷○興也陂澤障也荷芙蕖也箋云蒲柔滑之物芙蕖之莖曰荷生

毛詩卷十

而佼大興者蒲以喻所説男之性荷以喻所説女之容體也正以陂中二物興者喻淫風由同姓生　有美一人傷如之何傷無禮也箋云傷思也我思此美人當如之何而得見之　寤寐無爲涕泗滂沱自目曰涕自鼻曰泗箋云寤覺也　○彼澤之陂有蒲與蕑蕑蘭也箋云蕑當作蓮蓮芙蕖實也蓮以喻女之言信　有美一人碩大且卷卷好貌　寤寐無爲中心悁悁悁悁猶悒悒也　○彼澤之陂有蒲菡萏菡萏荷華也箋云華以喻女之顔色　有美一人碩大且儼儼矜莊貌

寤寐無爲輾轉伏枕

澤陂三章章六句

陳國十篇二十六章百二十四句

檜羔裘詁訓傳第十三

毛詩國風　鄭氏箋

羔裘，大夫以道去其君也。國小而迫，君不用道，好絜其衣服，逍遥遊燕，而不能自强於政治，故作是詩也。以道去其君者，三諫不從，待放於郊，得玦乃去。

羔裘逍遥，狐裘以朝。羔裘以遊燕，狐裘以適朝。箋云：諸侯之朝服，緇衣羔裘；大蜡而息民，則有黄衣狐裘。今以朝服燕，以祭服朝，是其好絜衣服也。先言燕後言朝，見君之志不能自强於政治。豈不爾思？勞心忉忉。國無政令，使我心勞。箋云：爾，女也。三諫不從，待放而去，思君如是，勞心忉忉然。

○羔裘翺翔，狐裘在堂。堂，公堂也。箋云：翺翔猶逍遥也。豈

不爾思我心憂傷○羔裘如膏日出有曜日出照曜然後見其如膏豈不爾思中心是悼悼動也箋云悼猶哀傷也

羔裘三章章四句

素冠刺不能三年也喪禮子爲父三年父卒爲母三年時人恩薄禮廢不能行也

庶見素冠兮棘人欒欒兮庶幸也素冠練冠也棘急也欒欒瘠貌箋云喪禮既祥祭而縞冠素紕時人皆解緩無三年之恩於其父母而廢其喪禮故覬幸一見素冠急於哀慼之人形貌欒欒然腰瘠也勞心慱慱兮慱慱憂勞也箋云勞心者憂不得見○庶見素衣兮矣素冠故素衣也箋云除成喪者其祭也朝服縞冠朝服緇衣素裳然則此言素衣者謂素裳也我心傷悲兮聊與子同歸兮願見有禮之人與之同歸箋云聊猶且也且與子同

歸欲之其家

觀其居處 ○庶見素韠兮 箋云祥祭朝服素韠者韠從裳色 我心

蘊結兮聊與子如一兮 子夏三年之喪畢見於夫子援琴而絃衎衎而樂作而曰

先王制禮不敢不及夫子曰君子也閔子騫三年之

喪畢見於夫子援琴而絃切切而哀作而曰先王制

禮不敢過也夫子曰君子也子路曰敢問何謂也夫

子曰子夏哀已盡能引而致之於禮故曰君子也閔

子騫哀未盡能自割以禮故曰君子也夫三年之喪

賢者之所輕不肖者之所勉 箋云聊與子如一且欲

與之居處

觀其行也

素冠三章章三句

隰有萇楚疾恣也國人疾其君之滛恣而思無情慾

者也 恣謂狡狭滛戲不以禮也

隰有萇楚猗儺其枝興也萇楚銚弋也猗儺柔順也箋云銚弋之性始生正直及其長大則其枝猗儺而柔順不妄尋蔓艸木與者喻人少而端愨則長大無情慾夭之沃沃樂子之無知夭少也沃沃壯佼也箋云知匹也疾君之恣故於人年少沃沃之時樂其無妃匹之意○隰有萇楚猗儺其華夭之沃沃樂子之無家箋云家謂無夫婦室家之道○隰有萇楚猗儺其實夭之沃沃樂子之無室

隰有萇楚三章章四句

匪風思周道也國小政亂憂及禍難而思周道焉

匪風發兮匪車偈兮發發飄風非有道之風偈偈疾驅非有道之車顧瞻周

道中心怛兮○怛傷也下國之亂周道滅也箋云周道周之政令也迴首曰顧○匪風飄兮匪車嘌兮迴風爲飄嘌嘌無節度也顧瞻周道中心弔兮弔傷也○誰能亨魚溉之釜鬵溉滌也鬵釜屬亨魚煩則碎治民煩則散知亨魚則知治民矣箋云誰能者言人偶能割亨者誰將西歸懷之好音周道在乎西懷歸也箋云誰將西歸者亦言人偶能輔周道治民者也檜在周之東故言西歸有能西仕於周者我則懷之以好音謂周之舊政令

匪風三章章四句○

檜國四篇十二章章四十五句○

曹蜉蝣詁訓傳第十四

毛詩國風　　鄭氏箋

蜉蝣刺奢也昭公國小而迫無法以自守好奢而任小人將無所依焉

蜉蝣之羽衣裳楚楚興也蜉蝣渠略也朝生夕死猶有羽翼以自修飾楚楚鮮明貌箋云興者喻昭公之朝其羣臣皆小人也徒整飾其衣裳不知國之將迫脅君臣死亡無日如渠略然心之憂矣於我歸處箋云歸依歸君當於何依歸乎言有危亡之難將無所就往

○蜉蝣之翼采采衣服采采衆多也心之憂矣於我歸息息止也

○蜉蝣掘閱麻衣如雪掘閱容閱也如雪言鮮絜箋云掘閱掘地解閱謂其始生時也以解閱喻君臣朝夕變易衣服也麻衣深衣諸侯之朝朝服夕則深衣也心之憂

矣於我歸說箋云說猶舍息也

蜉蝣三章章四句

候人刺近小人也其遠君子而好近小人焉

彼候人兮何戈與祋候人道路送迎賓客者何揭祋殳也言賢者之官不過候人箋云是謂遠彼其之子三百赤芾彼彼曹朝也芾韠也一命緼芾黝珩再命赤芾黝珩三命赤芾葱珩大夫以上赤芾乘軒箋云之子是子也佩赤芾者三百人○維鵜在梁不濡其翼鵜洿澤也梁水中之梁鵜在梁可謂不濡其翼乎箋云鵜在梁當濡其翼而不濡者非其常也以喻小人在朝亦非其常彼其之子不稱其服箋云不稱者言德薄而服尊○維鵜在梁不濡其咮咮喙也彼其之子不遂其

媾媾厚也箋云遂猶久也不久其厚言終將薄於君也○薈兮蔚兮南山朝隮薈蔚雲興貌南山曹南山也隮升也箋云薈蔚之小雲朝升於南山不能為大雨以喻小人雖見任於君終不能成其德教婉兮孌兮季女斯飢婉少貌孌好貌季人之少子也女民之弱者箋云天無大雨則歲不熟而幼弱者飢猶國之無政令則下民困病矣

候人四章章四句

鳲鳩刺不壹也在位無君子用心之不壹也

鳲鳩在桑其子七兮興也鳲鳩秸鞠也鳲鳩之養其子朝從上下莫從下上平均如一箋云興者喻人君之德當均一於下也以刺今在位之人不如鳲鳩淑人君子其儀一兮箋云淑善儀義也善人君子其執義當如一也其儀一兮心如結兮言執

義一則用心固。○鳲鳩在桑，其子在梅。飛在梅也。淑人君子，其帶伊絲，其弁伊騏。騏，騏文也。弁，皮弁也。箋云：其帶伊絲，謂大帶也。大帶用素絲，有雜色飾焉。騏當作璂，以玉爲之。言此帶弁者，刺不稱其服。○鳲鳩在桑，其子在棘。淑人君子，其儀不忒。忒，疑也。其儀不忒，正是四國。正，長也。箋云：執義不疑，則可爲四國之長，言任爲侯伯。○鳲鳩在桑，其子在榛。淑人君子，正是國人。正是國人，胡不萬年。箋云：正，長也。能長人則人欲其壽考。

鳲鳩四章，章六句。

下泉，思治也。曹人疾其侵刻下民，不得其所，憂

而思明王賢伯也

冽彼下泉浸彼苞稂 興也冽寒也下泉泉下流也苞本也稂童粱非溉草得水而病也箋云興者喻其公之施政教徒困病其民稂當作涼涼草蕭蓍之屬 愾我寤嘆念彼周京 箋云愾嘆息之意寤覺也念周京者思其先王之明者 ○ 冽彼下泉浸彼苞蕭 蕭蒿也 愾我寤嘆念彼京周 ○ 冽彼下泉浸彼苞蓍 蓍艸也 愾我寤嘆念彼京師 ○ 芃芃黍苗陰雨膏之 芃芃美貌 四國有王郇伯勞之 郇伯郇侯也諸侯有事二伯述職 箋云有王謂朝聘於天子也郇侯文王之子為州伯有治諸侯之功

下泉四章章四句

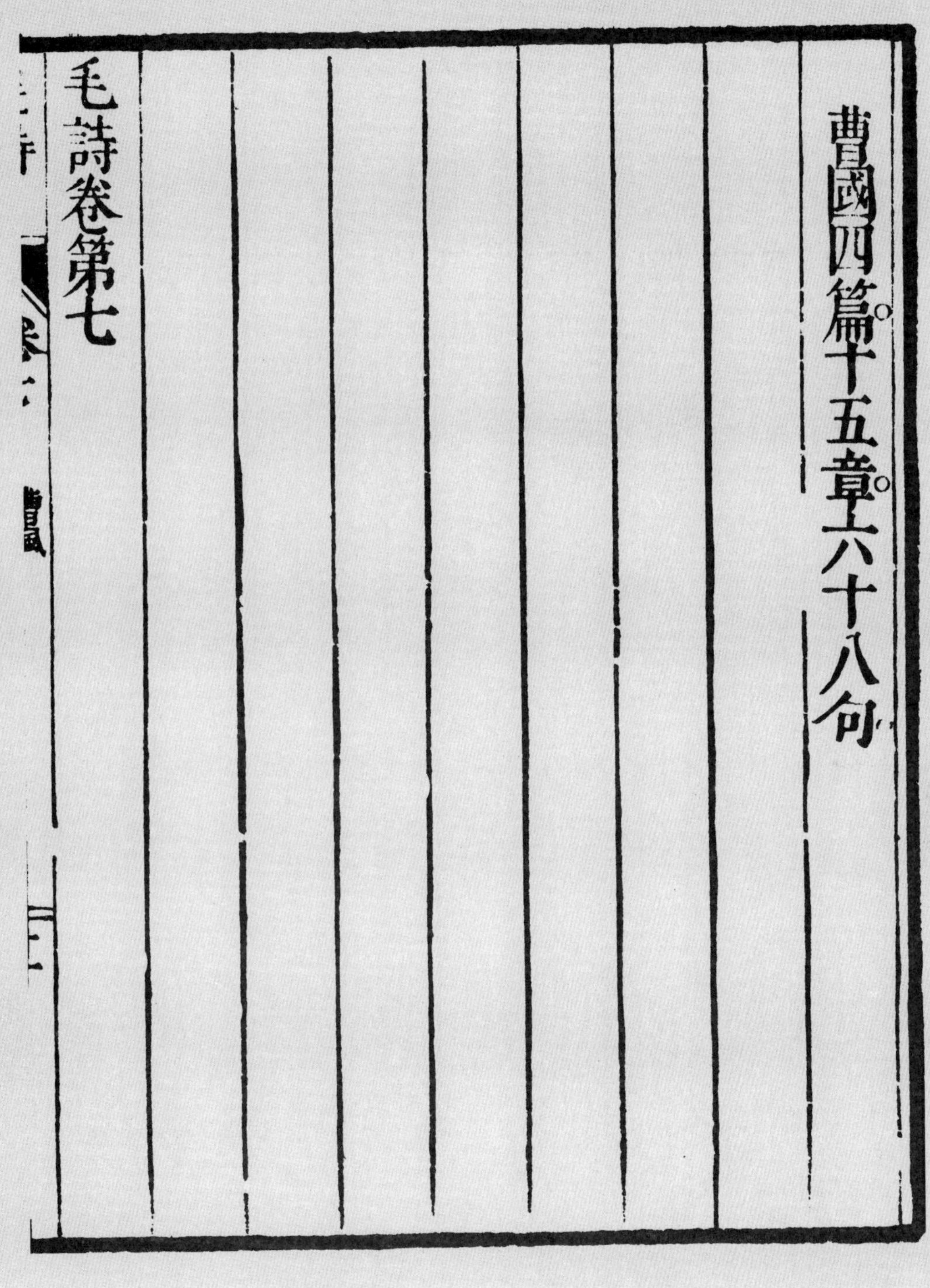

曹國四篇。十五章。六十八句。

毛詩卷第七

毛詩　卷七

毛詩卷第八

豳七月詁訓傳第十五

毛詩國風　　鄭氏箋

七月陳王業也周公遭變故陳后稷先公風化之所由致王業之艱難也周公遭變者管蔡流言辟居東都

七月流火九月授衣火大火也流下也九月霜始降婦功成可以授冬衣矣箋云大火者寒暑之候也火星中而寒暑退故將言寒先著火所在一之日觱發二之日栗烈無衣無褐何以卒歲一之日十之餘也一之日周正月也觱發風寒也二之日殷正月也栗烈寒氣也箋云褐毛布也卒終也此二正之月人之貴者無衣賤者無褐將何以終歲

豳土一本作豳地

乎是故八月則當續也三之日于耜四之日舉趾同我婦子饁
彼南畝田畯至喜三之日夏正月也豳土晚寒于耜始脩耒耜也四之日周四月也民
無不舉足而耕矣饁饋也田畯田大夫也箋云同猶
俱也喜讀爲饎饎酒食也耕者之婦子俱以饟來至
於南畝之中其見田大夫又爲設酒食焉言勸其事
又愛其吏也此章陳人以衣食爲急餘章廣而成之
爾○七月流火九月授衣箋云將言女功之始故又本於此春日載
陽有鳴倉庚女執懿筐遵彼微行爰求柔桑倉庚離黃也懿
筐深筐也微行牆下徑也五畝之宅樹之以桑箋云
載之言則也陽溫也溫而倉庚又鳴可蠶之候也柔
桑穉桑也蠶始生宜穉桑春日遲遲采蘩祁祁女心傷悲殆及公
子同歸遲遲舒緩也蘩白蒿也所以生蠶祁祁衆多也傷悲感事苦也春女悲秋士悲感其物化

也殆始及與也豳公子躬率其民同時出同時歸也箋云春女感陽氣而思男秋士感陰氣而思女是其物化所以悲也悲則始有與公子同歸之志欲嫁焉女感事苦而生此志是謂豳風○七月流火。八月萑葦。薍爲萑葭爲葦豫畜萑葦可以爲曲也箋云將言女功自始至成故亦又本於此蠶月條桑。取彼斧斨。以伐遠揚。猗彼女桑。斨方銎也遠枝遠也揚條揚也角而束之曰猗女桑荑桑也箋云條桑枝落之采其葉也女桑少枝長條不枝落者束而采之七月鳴鵙。八月載績。載玄載黄。我朱孔陽。爲公子裳。鵙伯勞也載績絲事畢而麻事起矣玄黑而有赤也朱深纁也陽明也祭服玄衣纁裳箋云伯勞鳴將寒之候也五月則鳴豳地晚寒鳥物之候從其氣焉凡染者春暴練夏纁玄秋染黄爲公子裳厚於其所貴者說也○四月秀葽。五月鳴蜩。八月其穫。十月隕蘀。

不榮而實曰秀葽葽艸也蜩螗也穫禾可穫也隕隊
蘀落也箋云夏小正曰四月王萯秀葽其是乎秀葽
也鳴蜩也穫禾也隕蘀也四者皆物成而將寒之候物成自秀葽始一之日于貉取彼
狐貍爲公子裘于貉謂取狐貍皮也狐貉之厚以居孟冬天子始裘箋云于貉往搏貉以
自爲裘也狐貍以共尊者言此者時寒宜助女功二之日其同載纘武功言
私其豵獻豜于公纘繼功事也豕一歲曰豵三歲曰豜大獸公之小獸私之箋云其同
者君臣及民因習兵俱出田也不用仲冬亦寒地晚寒也豕生三曰豵○五月斯螽動
股六月莎雞振羽七月在野八月在宇九月在戶十
月蟋蟀入我牀下斯螽蚣蝑也莎雞羽成而振訊之箋云自七月在野至入我牀下皆
謂蟋蟀也言此三物之如此著將寒有漸非卒來也穹窒熏鼠塞向墐戶穹窮窒塞

自一本作乎

也向北出牖也墐塗也庶人蓽戶箋云爲此四者以備寒嗟我婦子曰爲改歲入此室處箋云爲改歲者歲終而一之日觱發二之日栗烈當避寒氣而入所穿室墐戶之室而居之至此而女功止○六月食鬱及薁七月亨葵及菽八月剝棗十月穫稻爲此春酒以介眉壽鬱棣屬薁蘡薁也剝擊也春酒凍醪也眉壽豪眉也箋云介助也既以食鬱下及棗助男功又穫稻而釀酒以助其養老之具是謂豳雅七月食瓜八月斷壺九月叔苴采荼薪樗食我農夫壺瓠也叔拾也苴麻子也樗惡木也箋云瓜瓠之畜麻實之糝乾荼之菜惡木之薪亦所以助男功養農夫之具○九月築場圃春夏爲圃秋冬爲場箋云場圃同地自物生之時耕治之以種菜茹至物盡成熟築堅以爲場十月納禾稼黍稷重穋禾麻菽麥後熟曰重

腹一本作複

先熟曰穋箋云納內也治於場而內之囷倉也嗟我農夫我稼旣同上入執宮功入爲上出爲下箋云旣同言已聚也可以上入都邑之宅治宮中之事矣於是時男之野功畢晝爾于茅宵爾索綯宵夜綯絞也箋云爾女也女當晝日往取茅歸夜作絞索以待時用亟其乘屋其始播百穀乘升也箋云亟急乘治也十月定星將中急當治野廬之屋其始播百穀謂祈來年百穀于社○二之日鑿冰沖沖三之日納于凌陰四之日其蚤獻羔祭韭冰盛水腹堅則命取冰於山林沖沖鑿冰之意凌陰冰室也箋云古者日在北陸而藏冰西陸朝覿而出之祭司寒而藏之獻羔而啟之其出之也朝之祿位賓食喪祭於是乎用之月令仲春天子乃獻羔開冰先薦寢廟周禮凌人之職夏頒冰掌事秋刷上章備寒故此章備暑后稷先公禮教備也九月肅霜十月滌場朋酒斯

明本滌下脫場也二字

饗曰殺羔羊肅縮也霜降而收縮萬物滌埽也場功畢入也兩樽曰朋饗者鄉人以狗大夫加以羔羊箋云十月民事男女俱畢無飢寒之憂國君閑於政事而饗羣臣躋彼公堂稱彼兕觥萬壽無疆公堂學校也觥所以誓衆也疆竟也箋云於饗而正齒位故因時而誓焉飲酒既樂欲大壽無竟是謂豳頌

七月八章章十一句

鴟鴞周公救亂也成王未知周公之志公乃為詩以遺王名之曰鴟鴞焉未知周公之志者未知其欲攝政之意

鴟鴞鴟鴞既取我子無毀我室興也鴟鴞鸋鴂也無能毀我室者攻堅之故也寧亡二子不可以毀我周室箋云重言鴟鴞者將述其意之所欲言丁寧之也室猶巢也鴟鴞言已

借明本作言

取我子者幸無毀我巢積日累功作之甚苦故愛惜之也時周公竟武王之喪欲攝政成周道致太平之功管叔蔡叔等流言云公將不利於孺子成王不知其意而多罪其屬黨興者喻此諸臣乃世臣之子孫其父祖以勤勞有此官位土地今若誅殺之無絕其官位奪其土地王意欲誚公此之由然

恩斯勤斯鬻子之閔斯恩愛鬻稚閔病也稚子成王也箋云鴟鴞之意殷勤於此稚子當哀閔之此取鴟鴞子者指稚子也以喻諸臣之先臣亦殷勤於此成王亦宜哀閔之 ○迨天之未陰雨徹彼桑土綢繆牖戶也迨及徹剝也桑土桑根也箋云綢繆猶纏綿也此鴟鴞自說作巢至苦如是以喻諸臣之先臣亦及文武未定天下積日累功以固定此官位與土地今女下民或敢侮予箋云我至苦矣今女我巢下之民寧有敢侮慢欲毀我室者乎意欲恚怒之以喻諸臣之先臣固定此官位土地亦不欲見其絕奪 ○予手拮据予

所捋荼予所蓄租予口卒瘏拮据撠挶也荼萑苕也租爲瘏病也手病口病故能免乎大鳥之難箋云此言作巢之至苦故能攻堅人不得取其子曰予未有室家謂我未有室家箋云我作之至苦如是者曰我未有室家之故○予羽譙譙予尾翛翛譙譙殺也翛翛敝也箋云手口既病羽尾又殺敝言己勞苦甚予室翹翹風雨所漂搖予維音嘵嘵翹翹危也嘵嘵懼也箋云巢之翹翹而危以其所託枝條弱也以喻今我子孫不肖故使我家道危也風雨喻成王也音嘵嘵然恐懼告愬之意

鴟鴞四章章五句

東山周公東征也周公東征三年而歸勞歸士大夫美之故作是詩也一章言其完也二章言其思也三

章言其室家之望女也四章樂男女之得及時也君子之於人序其情而閔其勞所以說也說以使民民忘其死其唯東山乎成王既得金縢之書親迎周公周公歸攝政三監及淮夷叛周公乃東伐之三年而後歸爾分別章意者周公於是志伸美而詳之

我徂東山慆慆不歸我來自東零雨其濛慆慆言久也濛雨貌箋云此四句者序歸士之情也我往之東山既久勞矣歸又道遇雨濛濛然是尤苦也我東曰歸我心西悲公族有辟公親素服不舉樂為之變如其倫之喪箋云我在東山常曰歸也我心則念西而悲制彼裳衣勿士行枚士事枚微也箋云勿猶無也女制彼裳衣而來謂兵服也亦初無行陳銜枚之事言前定也春秋傳曰善用兵者不陳蜎蜎者蠋烝在

明本則作惻

桑野。蜎蜎蠋貌。蠋桑蟲也。烝窴也。箋云蠋蜎蜎然特行久處桑野有似勞苦者古者聲窴塡塵同也

敦彼獨宿，亦在車下。箋云敦敦然獨宿於車下此誠有勞苦之心

○我徂東山，慆慆不歸。我來自東，零雨其濛。果臝之實，亦施于宇。伊威在室，蠨蛸在戶。町畽鹿場，熠燿宵行。果臝栝樓也伊威委黍也蠨蛸長踦也町畽鹿迹也熠燿燐也燐螢火也箋云此五物者家無人則然令人感思

不可畏也，伊可懷也。箋云伊當作繄繄猶是也懷思也室中久無人故有此五物是不足於畏乃可爲憂思

我徂東山，慆慆不歸。我來自東，零雨其濛。鸛鳴于垤，婦歎于室。洒埽穹窒，我征聿至。垤螘冢也將陰雨則穴處先知之矣鸛好水長鳴而喜也箋云鸛水鳥也將陰雨則鳴行者於陰雨尤苦婦念之則歎於

一本作云齎也

明本多下無威字

室也穹窮窒塞洒灑埽拚也穹窒鼠穴也我君子行役述其日月今且至矣言婦望也　有敦瓜

苦烝在栗薪○敦猶專專也烝衆也言我心苦事又苦也〔箋云〕此又言婦思其君子之居處專專如瓜之繫綴焉瓜之瓣有苦者以喻其心苦也烝塵栗析也言君子又久見使析薪於事尤苦也古者聲栗裂同也　自我不見于今三年○我徂東山慆慆不歸○

我來自東零雨其濛〔箋云〕凡先著此四句者皆為序歸士之情　倉庚于飛

熠燿其羽〔箋云〕倉庚仲春而鳴嫁取之候也熠燿其羽羽鮮明也歸士始行之時新合昏禮今還故極序其情以樂之　之子于歸皇駁其馬黃白曰皇駵白曰駁〔箋云〕之子于歸謂始嫁時也皇駁其馬車服盛也　親結其縭九十其儀縭婦人之褘衣也母戒女

施衿結帨九十其儀言多威儀也〔箋云〕女嫁父母既戒之庶母又申之九十其儀喻丁寧之多　其新

明本無方音亦學

孔嘉其舊如之何。言久長之道也箋云嘉善也其新來時甚善至今則久矣不知其如何也又極序其情樂而戲之

東山四章章十二句。

破斧美周公也周大夫以惡四國焉。惡四國者惡其流言毀周公也

既破我斧又缺我斨。隋銎曰斧方銎曰斨斧斨民之用也禮義國家之用也箋云四國流言既破毀我周公又損傷我成王以此二者為大罪周公東征四國是皇。四國管蔡商奄也皇匡也箋云周公既反攝政東伐此四國誅其君罪正其民人而已哀我人斯亦孔之將。將大也箋云此言周公之哀我民人其德亦甚大也○既破我斧又缺我錡。鑿屬曰錡周公東征四國是吪。吪化也哀我人斯亦

孔之嘉 箋云嘉善也 ○既破我斧又缺我錡 木屬曰錡 周公東征四國是遒 遒固也箋云遒斂也 哀我人斯亦孔之休 休美也

破斧三章章六句

伐柯美周公也周大夫刺朝廷之不知也 成王既得雷雨大風之變欲迎周公而朝廷群臣猶惑於管蔡之流言不知周公之聖德疑於王欲迎之禮是以刺之

伐柯如何匪斧不克 柯斧柄也禮義者亦治國之柄箋云克能也伐柯之道唯斧乃能之此以類求其類也以喻成王欲迎周公當使賢者先往 取妻如何匪媒不得 媒所以用禮也治國不能用禮則不安箋云媒者能通二姓之言定人室家之道者以喻王欲迎周公當先使曉王與周公之意者又先往 ○伐柯伐柯其則不遠 以其所願乎上交乎

正以其所願乎下事乎上不遠求也箋云則法也伐柯者必用柯其大小長短近取法於柯所謂不遠求也王欲迎周公使還其道亦不遠人心足以知之

我覯之子籩豆有踐踐行列貌箋云覯見也之子是子也斥周公也王欲迎周公當以饗燕之饌行至則歡樂以說之

伐柯二章章四句

九罭美周公也周大夫刺朝廷之不知也

九罭之魚鱒魴興也九罭緵罟小魚之網也鱒魴大魚也箋云設九罭之罟乃後得鱒魴之魚言取物各有器也興者喻王欲迎周公之來當有其禮我覯之子袞衣繡裳所以見周公也袞衣卷龍也箋云王迎周公當以上公之服往見之○鴻飛遵渚鴻不宜循渚也箋云鴻大鳥也不宜與鳧鷖之屬飛而循渚以喻周公今與凡人處東都之邑失其所也公歸

無所於女信處。周公未得禮也再宿曰信箋云信誠時東都之人欲周公留不去故曉之云公西歸而無所居則可就女誠處是東都也今公當歸復其位不得留也○鴻飛遵陸。陸非鴻所宜止公歸不復於女信宿。宿猶處也○是以有袞衣兮。無以我公歸兮。無與公歸之道也箋云是東都也東都之人欲周公留之爲君故公是以有袞衣謂成王所齎來袞衣願其封周公於此以此袞衣命留之無以公西歸無使我心悲兮。箋云周公西歸而東都之人心悲恩德之愛深至也

九罭四章一章四句三章章三句

狼跋美周公也周公攝政遠則四國流言近則王不知周大夫美其不失其聖也不失其聖者聞流言不惑王不知不怨終立其

志成周之王功致大平復成王之位又爲之大師終始無愆聖德著焉

狼跋其胡載疐其尾

跋躐也疐跲也老狼有胡進則躐其胡退則跲其尾進退有難然而不失其猛箋云興者喻周公進則躐其胡猶始欲攝政四國流言辟之而居東都也退則跲其尾謂後復成王之位而欲老成王又留之其如是聖德無玷缺

公孫碩膚赤舄几几

公孫成王也豳公之孫也碩大膚美也赤舄人君之盛屨也几几絇貌箋云公周公也孫讀當如公孫于齊之孫孫之言孫遁也周公攝政七年致太平復成王之位孫遁辟此成功之大美欲老成王又留之以爲大師履赤舄几几然

狼疐其尾載跋其胡公孫碩膚德音不瑕

瑕過也箋云不瑕言不可疵瑕也

狼跋二章章四句

豳國七篇。二十七章。二百三句。

毛詩卷第八

毛詩鄭箋

三

毛詩卷第九

鹿鳴之什詁訓傳第十六

毛詩小雅　鄭氏箋

鹿鳴燕羣臣嘉賓也既飲食之又實幣帛筐篚以將其厚意然後忠臣嘉賓得盡其心矣飲之而有幣酬幣也食之而有幣侑幣也

呦呦鹿鳴食野之苹興也苹大蓱也鹿得蓱呦呦然鳴而相呼懇誠發乎中以興嘉樂賓客當有懇誠相招呼以成禮也箋云苹藾蕭我有嘉賓鼓瑟吹笙吹笙鼓簧承筐是將簧笙也吹笙而鼓簧矣筐篚屬所以行幣帛也箋云承猶奉也尚書曰篚

厥玄黃人之好我示我周行周至行道也箋云示當作寘寘置也周行周之列位也好猶善也人有以德善我者我則置之於周之列位言己維賢是用○呦呦鹿鳴食野之蒿蒿菣也我有嘉賓德音孔昭視民不恌君子是則是傚恌愉也是則是傚可法傚也箋云德音先王道德之教也孔甚昭明也視古示字也飲酒之禮於旅也語嘉賓之語先王德教甚明可以示天下之民使之不愉於禮義是乃君子所法傚言其賢也我有旨酒嘉賓式燕以敖敖遊也○呦呦鹿鳴食野之芩芩艸也我有嘉賓鼓瑟鼓琴鼓瑟鼓琴和樂且湛湛樂之久我有旨酒以燕樂嘉賓之心燕安也夫不能致其樂則不能得其志不能得其志則嘉賓不能竭其力

鹿鳴三章章八句

四牡勞使臣之來也有功而見知則說矣 文王爲西伯之時三分天下有其二以服事殷使臣以王事往來於其職於其來也陳其功苦以歌樂之

四牡騑騑周道倭遲 騑騑行不止之貌周道岐周之道也倭遲歷遠之貌文王率諸侯撫叛國而朝聘乎紂故周公作樂以歌文王之道爲後世法 豈不懷歸王事靡盬我心傷悲 盬不堅固也思歸者私恩也靡盬者公義也傷悲者情思也 箋云無私恩非孝子也無公義非忠臣也君子不以私害公不以家事辭王事 四牡騑騑嘽嘽駱馬 嘽嘽喘息之貌馬勞則喘白馬黑鬣曰駱 豈不懷歸王事靡盬不遑啓處 遑暇啓跪處居也臣受命舍幣于禰乃行 翩翩者鵻載飛載下集于苞

栩〇鵻夫不也箋云夫不鳥之慤謹者人皆愛之可以不勞乎猶則飛則下止於栩木喻人雖無事其可獲安乎感厲之〇王事靡盬不遑將父〇將養〇翩翩者鵻載飛載止集于苞杞〇杞枸檵也王事靡盬不遑將母〇駕彼四駱載驟駸駸〇駸駸驟貌豈不懷歸是以作歌將母來諗〇諗念也父兼尊親之道母至親而尊不至箋云諗告也君勞使臣述序其情女曰我豈不思歸乎誠思歸也故作此詩之歌以養父母之志來告於君也人之思恒思親者再言將母亦其情至也

四牡五章章五句

皇皇者華君遣使臣也送之以禮樂言遠而有光華也〇言忠臣出使能揚君之美以延其譽於四方則爲不辱君命也

皇皇者華，于彼原隰。皇皇猶煌煌也。高平曰原。下濕曰隰。忠臣奉使，能光君命，無遠無近，如華不以高下易其色。箋云：無遠無近，維所之則然。駪駪征夫，每懷靡及。駪駪，衆多之貌。征夫，行人也。每，雖。懷，和也。箋云：春秋外傳曰：懷私爲每懷也。和當爲私。衆行夫旣受君命，當速行，每人懷其私相稽留，則於事將無所及。○我馬維駒，六轡如濡。箋云：如濡，言鮮澤也。載馳載驅，周爰咨諏。忠信爲周。訪問於善爲咨。咨事爲諏。箋云：爰，於也。大夫出使，馳驅而行，見忠信之賢人，則於是訪問，求善道也。○我馬維騏，六轡如絲。言調忍也。載馳載驅，周爰咨謀。咨事之難易爲謀。○我馬維駱，六轡沃若。載馳載驅，周爰咨度。咨禮義所宜爲度。○我馬維駰，六轡旣均。陰白雜毛曰駰。均，調也。載馳載驅，周爰咨詢。親戚之謀爲詢。兼此五者雖有中和當自謂無所及成於六德也箋云中和謂忠信也五者咨也諏也謀也度也詢也雖得此於忠信之賢人猶當云己將無所及於事則成六德言慎其事

皇皇者華五章章四句

常棣燕兄弟也閔管蔡之失道故作常棣焉周公弔二叔之不咸而使兄弟之恩疏故召公爲作此詩而歌之以親之

常棣之華鄂不韡韡興也常棣棣也鄂猶鄂鄂然言外發也韡韡光明也箋云承華者曰鄂不當作拊拊鄂足也得華之光明則韡韡然興者喻弟以敬事兄兄以榮覆弟恩義之顯亦韡韡然古聲不拊同凡今之人莫如兄弟聞常棣之言爲今也箋云聞常棣之言始聞常棣華鄂之說也如此則人之恩親無如兄弟之最厚○死喪之威兄弟孔懷威畏

懷思也。箋云死喪可畏怖之事維兄弟之親甚相思念 原隰裒矣兄弟求矣 裒聚也求矣言求兄弟也箋云原也隰也以相與聚居之故故能定高下之名猶兄弟相求故能立榮顯之名

○脊令在原兄弟急難 脊令雝渠也飛則鳴行則搖不能自舍耳急難言兄弟之相救於急難箋云雝渠水鳥而今在原失其常處則飛則鳴求其類天性也猶兄弟之於急難 每有良朋況也永歎 況茲永長也箋云每有雖有也良善也當急難之時雖有善同門來茲對之長歎而已

○兄弟鬩于牆外禦其務 鬩狠也箋云禦禁務侮也兄弟雖內鬩而外禦其侮也 每有良朋烝也無戎 烝塡戎相也箋云當急難之時雖有善同門來久也猶無相助己者古聲塡寘塵同

○喪亂既平既安且寧雖有兄弟不如友生 兄弟尚恩怡怡然朋友以義切切然箋云平猶正也安寧之時以禮義相琢磨

則友生急○儐爾籩豆飲酒之飫儐陳飫私也不脱屨升堂謂之飫箋云私者圖非常之事若議大疑於堂則有飫禮焉聽朝爲公

兄弟既具和樂且孺九族會曰和孺屬也王與親戚燕則尚毛箋云九族從己上至高祖下及玄孫之親也屬者以昭穆相次序○妻子好合如鼓瑟琴箋云好合謂志意合也合者如鼓瑟琴之聲相應和也王與族人燕則宗婦内宗之屬亦從后於房中

兄弟既翕和樂且湛翕合也○宜爾家室樂爾妻帑帑子也箋云族人和則得保樂其家中之大小是究是圖亶其然乎究深圖謀亶信也箋云女深謀之信其如是乎

常棣八章章四句

伐木燕朋友故舊也自天子至于庶人未有不須友

以成者親親以睦友賢不棄不遺故舊則民德歸厚矣。

伐木丁丁。鳥鳴嚶嚶。興也。丁丁伐木聲也。嚶嚶驚懼也。箋云丁丁嚶嚶相切直也。言昔日未居位在農之時與友生於山巖伐木爲勤苦之事猶以道德相切正也。嚶嚶兩鳥聲也。其鳴之志似於有朋友道然故連言之。出自幽谷遷于喬木。幽深。喬高也。箋云遷徙也。謂鄉時之鳥出從深谷今移處高木。嚶其鳴矣。求其友聲。君子雖遷處於高位不可以忘其朋友。箋云嚶其鳴矣遷處高木者求其友聲求其尚在深谷者其相得則復鳴嚶嚶然。相彼鳥矣。猶求友聲。矧伊人矣。不求友生。矧況也。箋云相視也。鳥尚知居高木呼其友況是人乎可不求之。神之聽之。終和且平。箋云以可否相增減曰和平齊等也此言心誠求之神若聽之使得如志則友生終相與和而齊功也○伐木許許釃酒有藇許許柹貌以筐曰釃以藪曰湑藇美貌箋云此言許者伐木許許之人今則有酒而釃之本其故也既有肥羜以速諸父羜未成羊也天子謂同姓諸侯諸侯謂同姓大夫皆曰諸父異姓則稱舅國君友其賢臣大夫士友其宗族之仁者箋云速召也有酒有羜今以召之飲酒寧適不來微我弗顧微無也箋云寧召之適自不來無使言我不顧念也於粲酒埽陳饋八簋粲鮮明貌圓曰簋天子八簋箋云粲然已灑掃矣陳其黍稷矣謂為食禮既有肥牡以速諸舅寧適不來微我有咎咎過也○伐木于阪釃酒有衍衍美貌箋云此言伐木于阪亦本之也籩豆有踐兄弟無遠箋云踐陳列貌兄弟父之黨母之黨民之失德乾餱以愆餱食也箋

明本作六章章六句

云失德謂見誚訕也民尚以乾餱之食獲過於人況天子之饌反可以恨兄弟乎故不當遠之有酒湑我無酒酤我湑莤之也酤一宿酒也箋云酤買也此族人陳王之恩也王有酒則泲莤之王無酒則酤買之要欲厚於族人坎坎鼓我蹲蹲舞我蹲蹲舞貌箋云為我擊鼓坎坎然為我興舞蹲蹲然謂以樂樂己迨我暇矣飲此湑矣箋云迨及也此又述王意也王曰及我今之閒暇共飲此湑酒欲其無不醉之意

伐木三章章十二句

天保下報上也君能下下以成其政臣能歸美以報其上焉下下謂鹿鳴至伐木皆君所以下臣也臣亦宜歸美於王以崇君之尊而福祿之以答其歌

天保定爾亦孔之固固堅也箋云保安爾女也女王也天之安定女亦甚固俾爾單厚何福不除俾使單信也或曰單厚也除開也箋云單盡也天使女盡厚天下之民何福而不開皆開出以予之俾爾多益以莫不庶庶衆也箋云莫無也使女每物益多以是故無不衆也○天保定爾俾爾戩穀罄無不宜受天百祿戩福穀祿罄盡也箋云天使女所福祿之人謂羣臣也其舉事盡得其宜受天之多福降爾遐福維日不足箋云遐遠也天又下予女以廣遠之福使天下溥蒙之汲汲然如日且不足也○天保定爾以莫不興箋云興盛也無不盛者使萬物皆盛艸木暢茂禽獸碩大如山如阜如岡如陵言廣厚也高平曰陸大陸曰阜大阜曰陵箋云此言其福祿委積高大也如川之方至以莫不增箋云川之方至謂其水縱長之時也

萬物之收皆增多也○吉蠲爲饎是用孝享吉善蠲絜也饎酒食也享獻也箋云享謂將祭祀也禴祠烝嘗于公先王春曰祠夏曰禴秋曰嘗冬曰烝公事也箋云公先公謂后稷至諸盩君曰卜爾萬壽無疆君先君也尸所以象神卜予也箋云君曰卜爾者尸嘏主人傳神辭也○神之弔矣詒爾多福弔至詒遺也箋云神至者宗廟致敬鬼神著矣此之謂也民之質矣日用飲食質成也箋云成平也民事平以禮飲食相燕樂而已群黎百姓遍爲爾德百姓百官族姓也箋云黎衆也群衆百姓遍爲女之德言則而象之○如月之恒如日之升恒弦升出也言俱進也箋云月上弦而就盈日始出而就明如南山之壽不騫不崩騫虧也如松柏之茂無不爾或承箋云或之言有也如松柏之枝葉常茂盛青青相承無衰落也

天保六章章六句

采薇遣戍役也文王之時西有昆夷之患北有玁狁之難以天子之命命將率遣戍役以守衛中國故歌采薇以遣之出車以勞還杕杜以勤歸也文王爲西伯服事殷之時也昆夷西戎也天子殷王也戍守也西伯以殷王之命命其屬爲將率將戍役禦西戎及北狄之難故歌采薇以遣之杕杜以勤歸者以其勤勞之故於其歸歌杕杜以休息之

采薇采薇薇亦作止薇菜作生也箋云西伯將遣戍役先與之期以采薇之時今薇生矣先輩可以行也重言采薇采薇者丁寧行期也曰歸曰歸歲亦莫止箋云莫晚也曰女何時歸乎何時歸乎亦歲晚之時乃得歸也又丁寧歸期定其心也靡室靡家玁

玁狁之故。不遑啓居。玁狁之故。玁狁北狄也。箋云北狄今匈奴也。靡無遑暇啓跪也。古者師出不踰時。今薇生而行。歲晚乃得歸。使女無室家夫婦之道。不暇跪居者。有玁狁之難故。曉之也。○采薇采薇。薇亦柔止。柔始生也。箋云柔謂脆脕之時。曰歸曰歸。心亦憂止。箋云憂止者。憂其歸期將晚。憂心烈烈。載飢載渴。箋云烈烈憂貌。則飢則渴。言其苦也。我戍未定。靡使歸聘。聘問也。箋云定止也。我方守於北狄。未得止息。無所使歸問。言所以憂。○采薇采薇。薇亦剛止。少而剛也。箋云剛謂少堅忍時。曰歸曰歸。歲亦陽止。陽歷陽月也。箋云十月爲陽。時純坤用事。嫌於無陽。故以名此月。王事無盬。不遑啓處。箋云盬不堅固也。處猶居也。憂心孔疚。我行不來。疚病。來至也。箋云我戍役自我也。來猶反也。據家曰來。○彼爾維何維常之華。爾華盛貌常常棣也箋云此言彼爾爾者乃常棣之華以興將率車馬服飾之盛彼路斯何。君子之車。箋云斯此也君子謂將率戎車既駕四牡業業。業業壯也豈敢定居一月三捷。捷勝也箋云定止也將率之志往至所征之地不敢止而居處自安也往則庶乎一月之中三有勝功謂侵也伐也戰也○駕彼四牡四牡騤騤。君子所依小人所腓。騤騤彊也腓辟也箋云腓當作芘此言戎車者將率之所依乘戍役之所芘倚四牡翼翼。象弭魚服。翼翼閑也象弭弓反末也所以解紒也魚服魚皮也箋云弭弓反末彆者以象骨為之以助御者解轡紒宜滑也服矢服也豈不日戒。玁狁孔棘。箋云戒警敕軍事也孔甚棘急也言君子小人豈不日相警戒乎誠日相警戒也玁狁之難甚急豫述其苦以勸之○昔我往矣楊柳依依。今我

明本飢下脱猶字

來思雨雪霏霏○楊柳蒲柳也霏霏甚也箋云我來戍止而謂始反時也上三章言戍役次二章言將率之行故此章重序其往反之時極言其苦以說之行道遲遲載渴載飢○遲遲長遠也箋云行反在於道路猶飢猶渴言至苦也我心傷悲莫知我哀君子能盡人之情故人忘其死

采薇六章章八句○

出車勞還率也○遣將率及戍役同歌同時欲其同心也反而勞之異歌異日殊尊卑也禮記曰賜君子小人不同日此其義也

我出我車于彼牧矣○出車就馬於牧地箋云上我我殷王也下我將率自謂也西伯以天子之命出我戎車於所牧之地將使我出征伐自天子所謂我來矣箋云自從

據讀詩記箋云下脫載裝載也四字

也有人從王所來謂我來矣謂以王命召己將召彼使爲將率也先出戎車乃召將率將率尊也僕夫謂之載矣王事多難維其棘矣○僕夫御夫也箋云棘急也王命召己己卽召御夫使裝載物而往王之事多難其召我必急欲疾趨之此序其忠敬○我出我車于彼郊矣設此旐矣建彼旄矣龜蛇曰旐干旄箋云設旐者屬之於干旄而建之戎車將率既受王命行乃乘馬牧地在遠郊彼旟旐斯胡不旆旆鳥隼曰旟旆旆旒垂貌憂心悄悄僕夫況瘁箋云況茲也將率既受命行而憂臨事而懼也御夫則茲益憔悴憂其馬之不正○王命南仲往城于方出車彭彭旂旐央央王殷王也南仲文王之屬朔方近玁狁之國也彭彭四馬貌交龍爲旂央央鮮明也箋云王使南仲爲將率往築城於朔方爲軍壘以禦北狄之難天子命我城彼

朔方赫赫，南仲玁狁于襄。朔方北方也。赫赫盛貌。襄除也。箋云：此我，我戍役也。戍役築壘而美其將率自此出征。○昔我往矣，黍稷方華。今我來思，雨雪載塗。王事多難，不遑啓居。塗凍釋也。箋云：黍稷方華，朔方之地六月時也。以此時始出壘，征伐玁狁，因伐西戎，至春凍始釋而來反，其間非有休息。豈不懷歸，畏此簡書。簡書戒命也。鄰國有急，以簡書相告，則奔命救之。○喓喓艸蟲，趯趯阜螽。箋云：艸蟲鳴，阜螽躍而從之，其天性也。喻近西戎之諸侯聞南仲既征玁狁，將伐西戎之命，則跳躍而鄉望之，如阜螽之聞艸蟲鳴焉。艸蟲鳴，晚秋之時也。此以其時所見而興之。未見君子，憂心忡忡。既見君子，我心則降。箋云：君子斥南仲也。降下也。赫赫南仲，薄伐西戎。○春日遲遲，卉木萋萋。倉庚喈喈，采蘩祁祁。執訊獲醜。薄言還歸。卉，艸也。訊，辭也。箋云：訊言，醜衆也。伐西戎以凍釋時反朔方之壘，息戎役，至此時而歸京師，稱美時物，及其事，嘉而詳之也。執其可言問所獲之衆以歸者，當獻之也。

赫赫南仲。玁狁于夷。夷，平也。箋云：平者，平之於王也。此時亦伐西戎，獨言平玁狁者，玁狁大故，以爲始，以爲終。

出車六章章八句

杕杜，勞還役也。役，戍役也。

有杕之杜。有睆其實。興也。睆，實貌。杕杜猶得其時蕃滋，役夫勞苦，不得盡其天性。

王事靡盬。繼嗣我日。箋云：嗣，續也。王事無不堅固，我行役續嗣其日，言常勞苦無休息。

日月陽止。女心傷止。征夫遑止。箋云：十月爲陽。遑，暇也。婦人思望其君子陽月之時已憂傷矣征夫如今已閒暇且歸也而尚不歸故序其男女之情以說之陽月而思望之者以初時云歲亦莫止○有杕之杜其葉萋萋王事靡盬我心傷悲箋云傷悲者念其君子於今勞苦卉木萋止女心悲止征夫歸止○室家踰時則思○陟彼北山言采其杞王事靡盬憂我父母箋云杞非常菜也而升北山采之託有事以望君子檀車幝幝四牡痯痯征夫不遠○檀車役車也幝幝敝貌痯痯罷貌箋云不遠者言其來猶路近○匪載匪來憂心孔疚箋云匪非疚病也君子至期不裝載意不為來我念之憂心甚病期逝不至而多為恤○逝往恤憂也遠行不必如期室家之情以期望之○卜筮偕止會言近止征夫邇止○卜之筮之會人占之邇近也箋云偕俱會合也或卜之或筮之俱占之

之合言於縣爲近征夫如今近耳

杕杜四章章七句

魚麗美萬物盛多能備禮也文武以天保以上治內以采薇以下治外始於憂勤終於逸樂故美萬物盛多可以告於神明矣內謂諸夏也外謂夷狄也告於神明者於祭祀而歌之

魚麗于罶鱨鯊麗歷也罶曲梁也寡婦之笱也鱨揚也鯊鮀也太平而後微物衆多取之有時用之有道則物莫不多矣古者不風不暴不行火艸木不折不操斧斤不入山林豺祭獸然後殺獺祭魚然後漁鷹隼擊然後罻羅設是以天子不合圍諸侯不掩羣大夫不麛不卵士不隱塞庶人不數罟罟必四寸然後入澤梁故山不童澤不竭鳥獸魚鼈皆得其所然

君子有酒旨且多

箋云酒美而此魚又多也○魚麗于罶魴鱧鱧鮦也君子有酒多且旨○箋云酒多而此魚又美也○魚麗于罶鰋鯉鰋鮎也君子有酒旨且有○箋云酒美而此魚又有○物其多矣維其嘉矣箋云魚既多又善○物其旨矣維其偕矣箋云魚既美又齊等○物其有矣維其時矣○箋云魚既有又得其時

魚麗六章三章章四句三章章二句

南陔孝子相戒以養也○白華孝子之契白也○華黍時和歲豐宜黍稷也　有其義而亾其辭此三篇蓋鄉飲酒燕禮用焉曰笙入立于縣中奏南陔白華華黍是也孔子論詩雅頌各得其所時俱在耳篇第當在於

此遭戰國及秦之世而亾之其義則與衆篇之義合編故存至毛公爲詁訓傳乃分别衆篇之義各置於其篇端云又闕其亾者以見在爲數故推改什首遂通耳而下非孔子之舊

鹿鳴之什十　篇五十五章三百一十五句

毛詩卷第九

毛詩卷第十

南有嘉魚之什詁訓傳第十七

毛詩小雅　　鄭氏箋

南有嘉魚，樂與賢也。太平之君子至誠樂與賢者共之也。樂得賢者與共立於朝相燕樂也

南有嘉魚，烝然罩罩。江漢之間魚所産也。罩罩，篧也。箋云：烝，塵也。塵然猶言久如也。言南方水中有善魚，人將久如而俱罩之，遲之也。天下有賢者，在位之人將久如而並求致之於朝，亦遲之也。遲之者，謂至誠也。君子有酒，嘉賓式燕以樂。箋云：君子斥時在位者也。式，用也。用酒與賢者燕飲而樂也。○南有嘉魚，烝然汕汕。汕汕，樔也。箋云：樔者

明本言鄉飲酒者誤也此文在燕禮

毛詩卷十

今之撩罟也　君子有酒嘉賓式燕以衎。衎樂也　○南有樛木

甘瓠纍之。與也纍蔓也箋云君子下其臣故賢者歸往也　君子有酒嘉賓式燕

綏之。箋云綏安也與嘉賓燕飲而安之燕禮曰賓以我安　○翩翩者鵻烝然來

思。鵻壹宿之鳥箋云壹宿之鳥者壹意於其所宿之木也喻賢者有專壹之意於我我將久如來

遲之也　君子有酒嘉賓式燕又思。箋云又復也以其意欲復與燕加

厚之

南有嘉魚四章章四句。

南山有臺樂得賢也。得賢則能爲邦家立太平之基

矣。人君得賢則其德廣大堅固如南山之有基趾

南山有臺北山有萊 興也臺夫須也萊艸也箋云興者山之有艸木以自覆蓋成其高大喻人君有賢臣以自尊顯 樂只君子邦家之基樂只君子萬壽無期 基本也箋云只之言是也人君既得賢者置之於位又尊敬以禮樂樂之則能爲國家之本得壽考之福 ○南山有桑北山有楊樂只君子邦家之光樂只君子萬壽無疆 箋云光明也政敎明有榮曜 ○南山有杞北山有李樂只君子民之父母樂只君子德音不已 箋云已止也不止者言長見稱頌也 ○南山有栲北山有杻 栲山樗杻檍也 樂只君子遐不眉壽樂只君子德音是茂 眉壽秀眉也箋云遐遠也遠不眉壽者言其近眉壽也茂盛也 ○南山有枸北山有楰 枸枳枸楰鼠梓 樂只君

毛詩卷十 南有嘉魚 三

子。遐不黃耇。樂只君子。保艾爾後。黃，黃髮也。耇，老。艾，養。保，安也。

南山有臺五章。章六句。

由庚。萬物得由其道也。○崇丘。萬物得極其高大也。

○由儀。萬物之生。各得其宜也。有其義而亡其辭。此三篇者，鄉飲酒、燕禮亦用焉。曰乃間歌魚麗，笙由庚，歌南有嘉魚，笙崇丘，歌南山有臺，笙由儀，亦遭世亂而亡之。燕禮又有升歌鹿鳴，下管新宮。新宮亦詩篇名也。辭義皆亡，無以知其篇第之處。

蓼蕭。澤及四海也。九夷、八狄、七戎、六蠻，謂之四海。國在九州之外，雖有大者，爵不過子。虞書曰：州十有二師，外薄四海，咸建五長。

蓼彼蕭斯。零露湑兮。興也。蓼，長大貌。蕭，蒿也。湑湑然，蕭上露貌。箋云：興者，蕭香物之

舒明本作輸　明本脫之位二字

微者、喻四海之諸侯、亦國君之賤者。露者、天所以潤萬物、喻王者恩澤、不爲遠國則不及也。既見君子、我心寫兮。我心寫兮、輸寫其心也。箋云、既見君子者、遠國之君、朝見於天子也。我心寫者、舒其情意無留恨者也。燕笑語兮、是以有譽處兮。箋云、天子與之燕而笑語、則遠國之君、各得其所、是以稱揚德美、使聲譽常處天子之位。○蓼彼蕭斯、零露瀼瀼。瀼瀼、露蕃貌。既見君子、爲龍爲光。龍、寵也。箋云、爲寵爲光、言天子恩澤光耀、被及己也。其德不爽、壽考不忘。爽、差也。○蓼彼蕭斯、零露泥泥。泥泥、霑濡也。既見君子、孔燕豈弟。豈、樂。弟、易也。箋云、孔、甚。燕、安也。宜兄宜弟、令德壽豈。爲兄亦宜、爲弟亦宜。○蓼彼蕭斯、零露濃濃。濃濃、厚貌。既見君子、鞗革沖沖、和鸞雝雝、萬福攸同。鞗、轡也。革、傳皆也。沖沖，垂飾貌。在軾曰和，在鑣曰鸞。箋云此說天子之車飾者。諸侯燕見天子，天子必乘車迎于門外。是以云然。攸，所也。

蓼蕭四章，章六句。

湛露，天子燕諸侯也。燕謂與之燕飲酒也。諸侯朝覲會同，天子與之燕，所以示慈惠。

湛湛露斯，匪陽不晞。興也。湛湛，露茂盛貌。陽，日也。晞，乾也。露雖湛湛然，見陽則乾。箋云興者，露之在物，湛湛然，使物柯葉低垂，喻諸侯受燕爵，其威儀有似醉之貌。諸侯旅酬之，則猶然，唯天子賜爵，則貌變肅敬承命，有似露見日而晞。

厭厭夜飲，不醉不歸。厭厭，安也。夜飲，私燕也。宗子將有事，則族人皆侍。不醉而出，是不親也。醉而不出，是渫宗也。箋云天子燕諸侯之禮亡，此假宗子與族人燕為說爾。族人猶羣臣也。其醉不出，不醉出，猶諸侯之儀也。飲酒至夜，猶云不醉無歸，此天子於諸侯之儀、燕飲之禮、宵則兩階及庭門、皆設大燭焉。○湛湛露斯、在彼豐艸。厭厭夜飲、在宗載考。豐茂也。夜飲必於宗室。箋云豐艸喻同姓諸侯也。載之言則也。考成也。夜飲之禮、在宗室同姓諸侯則成之、於庶姓其讓之則止。昔者陳敬仲飲齊桓公酒而樂、桓公命以火繼之。敬仲曰、臣卜其晝、未卜其夜。於是乃止。此之謂不成也。○湛湛露斯、在彼杞棘。顯允君子、莫不令德。箋云杞也棘也、異類、喻庶姓諸侯也。令善也。無不善其德、言飲酒不至於醉。○其桐其椅、其實離離。豈弟君子、莫不令儀。離離垂也。箋云桐也椅也、同類而異名、喻二王之後也。其實離離、喻其薦俎禮物多於諸侯也。飲酒不至於醉、徒善其威儀而已、謂陔節也。

湛露四章、章四句。

愾 丘蓋切怒之

彤弓，天子錫有功諸侯也。諸侯敵王所愾，而獻其功，王饗禮之，於是賜彤弓一、彤矢百、旅弓十、旅矢千。凡諸侯賜弓矢，然後專征伐。

彤弓弨兮，受言藏之。彤弓，朱弓也，以講德習射。弨，弛貌。言，我也。箋云：受言藏者，謂王策命也。王賜朱弓，必策其功以命之，受出藏之，乃反入也。我有嘉賓，中心貺之。貺，賜也。箋云：既者，欲加恩惠也。王意殷勤於賓，故歌序之。鍾鼓既設，一朝饗之。箋云：大飲賓曰饗。一朝，猶早朝。○彤弓弨兮，受言載之。載以歸也。箋云：出載之車也。我有嘉賓，中心嘉之。喜，樂也。鍾鼓既設，一朝右之。右，勸也。箋云：右之者，主人獻之，賓受爵，奠于薦右，既祭俎，乃席末坐卒爵之謂也。○彤弓弨兮，受言櫜之。櫜，韜也。我有嘉賓，中心好之。好，說也。鍾鼓既設，一朝醻之。醻報也。箋云：飲酒之禮，主人獻賓，賓酢主人，主人又飲而酌賓，謂之醻。醻猶厚也，勸也。

彤弓三章，章六句。

菁菁者莪，樂育材也。君子能長育人材，則天下喜樂之矣。樂育材者，歌樂人君教學國人秀士、選士、俊士、造士、進士，養之以漸，至於官之。

菁菁者莪，在彼中阿。興也。菁菁，盛貌。莪，蘿蒿也。中阿，阿中也。大陵曰阿。君子能長育人材，如阿之長莪菁菁然。箋云：長育之者，既教學之，又不征役也。既見君子，樂且有儀。也。箋云：既見君子者，官爵之而得見，見則心既喜樂，又以禮儀見接。

○菁菁者莪，在彼中沚。中沚，沚中也。既見君子，我心則喜。喜樂也。

○菁菁者莪，在彼中陵。中陵，陵中也。既見君子，錫我百朋。箋云：古者貨貝，五貝

明本得下王字無

爲朋賜我百朋得祿多言得王意也○汎汎楊舟載沈載浮楊木爲舟載沈亦浮載浮亦浮箋云舟者沈物亦載浮物亦載喻人君用士文亦用武亦用於人之材無所廢旣見君子我心則休箋云休者休休然

菁菁者莪四章章四句

六月宣王北伐也鹿鳴廢則和樂缺矣四牡廢則君臣缺矣皇皇者華廢則忠信缺矣常棣廢則兄弟缺矣伐木廢則朋友缺矣天保廢則福祿缺矣采薇廢則征伐缺矣出車廢則功力缺矣杕杜廢則師衆缺矣魚麗廢則法度缺矣南陔廢則孝友缺矣白華廢

則廉恥缺矣華黍廢則蓄積缺矣由庚廢則陰陽失其道理矣南有嘉魚廢則賢者不安下民不得其所矣崇丘廢則萬物不遂矣南山有臺廢則為國之基隊矣由儀廢則萬物失其道理矣蓼蕭廢則恩澤乖矣湛露廢則萬國離矣彤弓廢則諸夏衰矣菁菁者莪廢則無禮儀矣小雅盡廢則四夷交侵中國微矣

六月言周室微而復興美宣王之北伐也

六月棲棲戎車既飭四牡騤騤載是常服棲棲簡閱貌飭正也日月為常服戎服也箋云記六月者盛夏出兵明其急也戎車革輅之等也其等有五戎車之常服韋弁

讀詩記引毛傳作奏膚

服也。玁狁孔熾。我是用急。熾盛也。箋云此序吉甫之意也北狄來侵甚熾故王以是
急遣我。王于出征。以匡王國。箋云于曰匡正也王曰今女出征玁狁以正王國之
封畿。○比物四驪。閑之維則。物毛物也則法也言先教戰而後用師。維此
六月。既成我服。我服既成。于三十里。師行三十里箋云王既成我戎
服將遣之戒之曰日行三十里可以舍息。王于出征。以佐天子。出征以佐其爲天子
也箋云王曰今女出征伐以佐助我天子之事禦北狄也。○四牡脩廣。其大有顒。
脩長廣大也顒大皃。薄伐玁狁。以奏膚公。奏爲膚大公功也。有嚴有翼。
共武之服。嚴威嚴也翼敬也箋云服事也言今師之羣帥有威嚴者有恭敬者而共典是兵事
言文武之人備。共武之服。以定王國。箋云定安也。○玁狁匪茹。整

居焦穫，侵鎬及方，至于涇陽。焦穫，周地，接于玁狁者。箋云：匪，非。茹，度也。鎬也方也，皆北方地名。言玁狁之來侵，非其所當度爲也。乃自整齊而處周之焦穫，來侵至涇水之北，言其大恣也。

織文鳥章，白旆央央。鳥章，錯革鳥爲章也。白旆，繼旐者也。央央，鮮明貌。箋云：織，徽織也。鳥章，鳥隼之文章，將帥以下衣皆著焉。

元戎十乘，以先啓行。元，大也。夏后氏曰鉤車，先正也。殷曰寅車，先疾也。周曰元戎，先良也。箋云：鉤，鉤鞶，行曲直有正也。寅，進也。二者及元戎，皆可以先前啓突敵陳之前行。其制之同異未聞。

○戎車既安，如輊如軒。四牡既佶，既佶且閑。輊，摯。佶，正也。箋云：戎車之安，從後視之如摯，從前視之如軒，然後適調也。佶，壯健之貌。

薄伐玁狁，至于大原。言逐出之而已。

文武吉甫，萬邦爲憲。吉甫，尹吉甫也。有文有武。憲，法也。箋云：吉甫，此時大將也。

○吉甫燕喜，既多

勸一本作歡

受祉。祉福也箋云吉甫既伐玁狁而歸天子以燕禮樂之則歡喜矣又多受賞賜也來歸自鎬。我行永久。飲御諸友炰鱉膾鯉。御進也箋云御侍鎬地來又日月長久今飲之酒使其諸友恩舊者侍之又加其珍美之饌所以極勸之也侯誰在矣。張仲孝友。侯維也張仲賢臣也善父母為孝善兄弟為友使文武之臣征伐與孝友之臣處內箋云張仲吉甫之友其性孝友

六月六章。章八句。

采芑。宣王南征也。

薄言采芑。于彼新田。于此菑畝。興也芑菜也田一歲曰菑二歲曰新田三歲曰畬宣王能新美天下之士然後用之箋云興者新美之喻和治其家養育其身也士軍士也方

叔涖止其車三千師干之試。方叔卿士也受命而爲將也涖臨師衆干扞試用也箋云方叔臨視此戎車三千乘其士卒皆有佐師扞敵之用爾司馬法兵車一乘甲士三人步卒七十二人宣王承亂羨卒盡起方叔率止乘其四騏四騏翼翼。箋云率者率此戎車士卒而行也翼翼壯健貌路車有奭簟茀魚服鉤膺鞗革。奭赤貌鉤膺樊纓也箋云茀之言蔽也車之蔽飾象席文也魚服矢服也鞗革轡首垂也○薄言采芑于彼新田于此中鄉。鄉所也箋云中鄉美地名方叔涖止其車三千。旂旐央央。箋云交龍爲旂龜蛇爲旐此言軍衆將帥之車服皆備方叔率止。約軝錯衡。八鸞瑲瑲。軝長轂之軝也以朱而約之錯衡文衡也瑲瑲鸞聲也服其命服。朱芾斯皇。有瑲葱珩。朱芾黃朱芾也皇猶煌煌也瑲珩聲也葱

蒼也三命葱珩言周室之強車服之美也言其強美斯劣矣箋云命服者命爲將受王命之服也天子之服韋弁服朱衣纁裳也

○鴥彼飛隼○其飛戾天○亦集爰止戾至也箋云隼急疾之鳥也飛乃至天喻士卒勁勇能深攻入敵也爰於也亦集於其所止喻士卒須命而後乃行也

○方叔涖止其車三千○師干之試箋云三稱此方叔者重師也

率止○鉦人伐鼓○陳師鞠旅○伐擊也鉦以靜之鼓以動之鞠告也箋云鉦也鼓也各自有人焉言鉦人伐鼓互言爾二千五百人爲師五百人爲旅此言將戰之日陳列其師旅誓告之也陳師告旅亦互言之

顯允方叔○伐鼓淵淵○振旅闐闐○淵淵鼓聲也入曰振旅復長幼也箋云伐鼓淵淵謂戰時進士衆也至戰止將歸又振旅伐鼓闐闐然振猶止也旅衆也春秋傳曰出曰治兵入曰振旅其禮一也

○蠢爾蠻荊○大邦爲讎○蠢動也蠻荊荊州之

蠻也。箋云：大邦，列國之大也。方叔元老，克壯其猶。元，大也。五官之長，出於諸侯曰天子之老。壯，大。猶，道也。箋云：猶，謀也。謀，兵謀也。方叔率止，執訊獲醜。箋云：方叔率其士衆，執可言問所獲敵人之衆，以還歸也。戎車嘽嘽，嘽嘽焞焞，如霆如雷。嘽嘽，衆也。焞焞，盛也。箋云：言戎車既衆盛，其威又如雷霆。言雖久在外，無罷勞也。顯允方叔，征伐玁狁，蠻荊來威。箋云：方叔先與吉甫征伐玁狁，今特往伐蠻荊，皆使來服於宣王之威，美其功之多也。

采芑四章，章十二句。

車攻，宣王復古也。宣王能内修政事，外攘夷狄，復文武之竟土。脩車馬，備器械，復會諸侯於東都，因田獵

而選車徒焉東都王城也

我車既攻我馬既同攻堅同齊也宗廟齊豪尚純也戎事齊力尚強也田獵齊足尚疾也四牡龐龐駕言徂東龐龐充實也東洛邑也○田車既好四牡孔阜東有甫艸駕言行狩甫大也田者大芟艸以為防或舍其中褐纏旃以為門裘纏質以為槸間容握驅而入擊則不得入左者之左右者之右然後焚而射焉天子發然後諸侯發諸侯發然後大夫士發天子發抗大綏諸侯發抗小綏獻禽於其下故戰不出頃田不出防不逐奔走古之道也箋云甫草者甫田之艸也鄭有甫田○之子于苗選徒嚻嚻之子有司也夏獵曰苗嚻嚻聲也維數車徒者為有聲也箋云于曰也建旐設旄搏獸于敖敖地名箋云獸田獵搏獸也敖鄭地今近滎陽○駕彼四牡四牡奕奕言諸

侯來會也赤芾金舄會同有繹諸侯赤芾金舄舄達屨也時見曰會殷見曰同繹陳也箋云金舄黃朱色也○決拾既佽弓矢既調決鉤弦也拾遂也佽利也箋云佽謂手指相次比也調謂弓強弱與矢輕重相得射夫既同助我舉柴柴積也箋云既同已射同復將射之位也射雖不中必助中者舉積禽也○四黃既駕兩驂不猗言御者之良也不失其馳舍矢如破言習於射御法也箋云御者之良得舒疾之中射者之正矢發則中如椎破物也○蕭蕭馬鳴悠悠旆旌言不讙譁也徒御不驚大庖不盈徒輦也御御馬也不驚驚也不盈盈也一曰乾豆二曰賓客三曰充君之庖故自左膘而射之達于右腢爲上殺射右耳本次之射左髀達于右髃爲下殺面傷不獻踐毛不獻不成禽不獻禽雖多擇取三十焉其餘以與大夫士以習射於澤宮田雖得禽射不中不得取禽

田雖不得禽射中則得取禽古者以辭讓取不以勇力取箋云不驚驚也不盈盈也反其言美之也射右耳本射當爲達三十者每禽三十也○之子于征有聞無聲有善聞而無讙譁之聲箋云晉人伐鄭陳成子救之舍於柳舒之上去穀七里穀人不知可謂有聞無聲允矣君子展也大成箋云允信展誠也大成謂致太平也

車攻八章章四句

吉日美宣王田也能愼微接下無不自盡以奉其上焉○

吉日維戊既伯既禱維戊順類乘牡也伯馬祖也重物愼微將用馬力必先爲之禱其祖禱禱獲也箋云戊剛日也故乘牡爲順類也田車既好四牡孔阜升彼

而飲明本作而醴

大阜從其羣醜箋云醜衆也田而升大阜從禽獸之群衆也○吉日庚午

既差我馬外事以剛日差擇也獸之所同麀鹿麌麌鹿牝曰麀麌麌衆多

也箋云同猶聚也麕牡曰麌麌復麌言多也漆沮之從天子之所漆沮之水麀鹿

所生也從漆沮驅禽而至天子之所○瞻彼中原其祁孔有祁大也箋云祁當作

麎麎麋牝也中原之野甚有之儦儦俟俟或羣或友趨則儦儦行則俟俟獸三曰羣

二曰友悉率左右以燕天子驅禽之左右以安待天子箋云率循也悉驅禽順其

左右之宜以安待王之射也○既張我弓既挾我矢發彼小豝殪

此大兕殪壹發而死言能中微而制大也箋云豕牝曰豝以御賓客且以酌

醴饗醴天子之飲酒也箋云御賓客者給賓客之御也賓客謂諸侯也酌醴酌而飲羣臣以所獲為俎

實也

吉日四章章六句。

南有嘉魚之什十篇四十六章二百七十二句。

毛詩卷第十